U0076189

妖的二三事

張曼娟

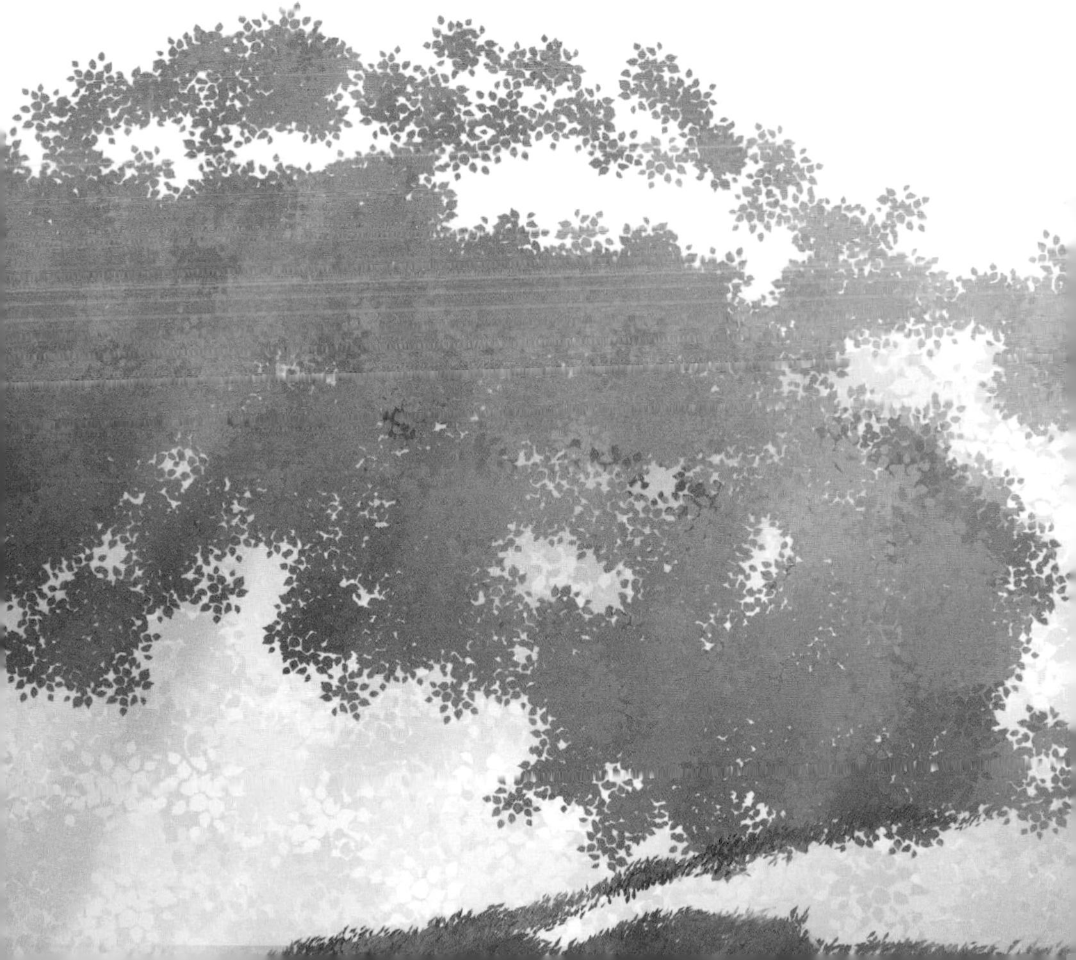

新序 關於妖的二三事

——二〇二四年增訂版新序

二〇〇五年《張曼娟妖物誌》出版，在此之前，因為工作關係，我在香港經歷了禽流感，幾年之後又體驗了SARS，雖然不是戰爭，那種恐懼、孤獨、猜疑，卻讓我們深深體驗到被隔絕的寂寞。怎麼也想不到，十幾年後，更大規模的疫情再起，經歷了警戒、封鎖、社交距離……將我們驅逐到更深更暗的所在，獨自面對一切——面對自己的孤獨。

在書中我創作了〈後來，花都開了〉這樣的小說，描寫瘟疫籠罩之中，人們的逃離與畏懼，也寫出一個異於常人的病患，面對家人棄絕與驚駭的眼神，如何自處的故事。在新冠侵襲全球之際，我曾想將這個故事在粉絲團連載，取得一種時代的共鳴，然而，一個念頭升起，使我沒有付諸實行——這個時代，誰還想看小說？

這個想法也讓愛寫小說的我，感到孤獨。

小說不只是虛構的故事，它是作者對人情世故嫻熟理解後的譬喻；它是對人類共同命運的預言；它是一種理想與憧憬的永恆印記；它是你的和我的生命映照，照出我們的軟弱與勇氣，困頓與追求，照出我們深深隱藏的欲望。

這次有機會在皇冠出版社增訂再版，讓這些妖與人轉世重生，特別設計了一個環節，請讀者在粉絲團針對每篇作品提問，而由作者回答。

問（李子姐）：

在《妖物誌》中，老師如何看待人與妖物間的關係？除了被妖魅迷惑外，我總覺得妖物的出現是一種拯救，阿紫對清泉、人魚對阿逸、紫藤對偉傑，甚至米羅對宇淳，這種關係是否也反映出老師心中與自然、與未知的對話？（佩服老師寫了八種妖的驚人絕技，感覺每位都是高手，哈哈。）

答（曼娟）：

這些年來，「療癒」、「救贖」這一類的字詞已經成為最受歡迎的關鍵字了。說明了我們的生活中出現各式各樣的創傷與失落，需要被理解，需要被拯救。或許在人類社會中是求之不得的，於是，我們想像著有一種超自然的能力，充滿力量，能將我們帶到彼岸，獲得幸福。許多人試圖從宗教中得到平靜、理解與包容。而我的想像則是，這樣的力量或許是不假外求的，我們應該從自己的內心去尋找，當我們改變自己之後，世界也跟著改變了。

說到底，妖是人創造出來的，我們期待妖是什麼樣子，妖就成為什麼樣子。滿足了人類，安慰了人類。

問（許俊揚）：

我發覺，《妖物誌》裡的八篇小說，似乎都有一個共同的結局，就是「消失」。

音樂大師和少女豬消失了；永恆、米羅消失了；花開了，偉傑死了；水雲化為虹，即將消失了；鉤星燃燒成灰燼；萱兒將隨馬男遠離；人魚也將離開了。而，最後，清泉與阿紫緊緊靠在一起，卻讓人有一種預感，阿紫將隨時道別去遠方……

想問，這各種不同形式的「消失」，是您當初寫作時即設定好，還是一場美麗且意外的巧合？

答（曼娟）：

如前所述，我認為妖其實是由人類創造出來，符合我們的欲望所需，既是如此，目的達到之後，自然就會消失了。妖不是人，無法安適的居住在現實世界中，他們無法遵循人類世界的規範，妖是絕對的自由。

妖的出現，往往令人乍驚乍喜，他們幻化為人，有著神奇的能力或魅力，令人神魂顛倒，這是多麼驚豔狂喜的遇見。最重要的是他們永恆的青春，使人羨慕。假設他們沒有消失，而是一直在人類世界裡，就像是羽衣娘中已經活了七代的太祖婆，老得不像人樣，還會有那樣的魅惑力嗎？還會令人無比嚮往嗎？

很多時候，我們意識到一場美好的遇見，都是在人事已然變遷之後。消失，造成懸念，也鞏固了永恆。

因為向讀者徵求問題，我才更明白大家對這些篇章的感受是怎樣的。這次的重新出版加入了與讀者的互動，更為豐富，也更有意義。

這是我最異色的小說，從人們心靈誕生的這些妖物的二、三事，也是我們內在的欲望與渴求。於是，決定將這本書名改為《妖的二三事》，可暱稱為「妖二三」，如果你喜歡，妖在轉瞬之間，都能千姿百態；如果你閱讀，寫作者就不孤獨了。

張曼娟

謹識於二〇二四年二月二十一日

台北春陽

原序　妖言惑眾

妖，這個字肯定不是好字。

妖異、妖怪、妖魅、妖精、妖裡妖氣、妖言惑眾……

不是好字，就一定是壞字嗎？

有些人懷裡揣著照妖鏡，天天想收妖，可是，那些被妖精魅住了的，那些聽得妖言而迷惑了神志的，當他們籠罩在一團妖氣之中，其實是很快樂的啊。收妖人用照妖鏡驅趕了妖物，蒙受最大損失的，正是那些快樂的人們。他們從此以後，再也得不到這樣的快樂了。

然而，不管是什麼樣玄奇的妖物，都是被人創造出來的，從他們內心最深層的意識與需求裡誕生。

——二〇〇五年初版原序

《妖物誌》裡的八篇小說，也是這樣發生的。從人類的本能和欲求中誕生。

第一個對我展露妖魅笑容的是人魚，古老的傳說中，人魚渾身生滿五彩細絨毛，身長與人差不多，住在海邊的鰥夫和寡婦常常將她豢養在池沼中，她能溫柔的與男人或女人交合，這不是未來世界最理想的性寵物？美麗、溫馴、熱情、性感，我們還能有更奢侈的想望嗎？

就這樣，我往更古老的時代去召喚，將這些妖轉世生在現代，穿上高跟鞋，乘坐摩天輪，趕搭捷運，就在我們的身邊，妖物自在的生活著，與我們一同呼吸吐納。寫著寫著，有時候我都忍不住要愛上妖物了，因為他們太純粹，不像人類那麼複雜。

這應該是一本什麼樣的書呢？既然是講妖物的故事，當然就是妖言妖語了。如果正在閱讀的你，也能被漫天的花雨迷惑；被奔馳的迅捷迷惑；被高處的旋轉迷惑，被渴望迷惑，被喜悅迷惑，被擁抱和離散迷惑，被接受愛與付出愛迷惑，那麼，這迷惑應該就是快樂的。

妖，這個字到底是好字還是壞字，有什麼重要的呢？
說到底，見過妖物的人少，渴想妖物的人多，被妖物魅惑的就更多了。

張曼娟
謹識於二〇〇五年十一月二十三日
台北城

CONTENTS

卷一 小小的芭蕾舞步

他把大提琴的盒蓋打開，
準備將琴收起來，
盒蓋一開，卻驚詫得差點叫出聲來，
一個女孩，蜷在琴盒中，
她穿著一件薄紗舞衣，
緊裹著上半身，
下半身卻幾乎是完全裸露的。

——少女豬

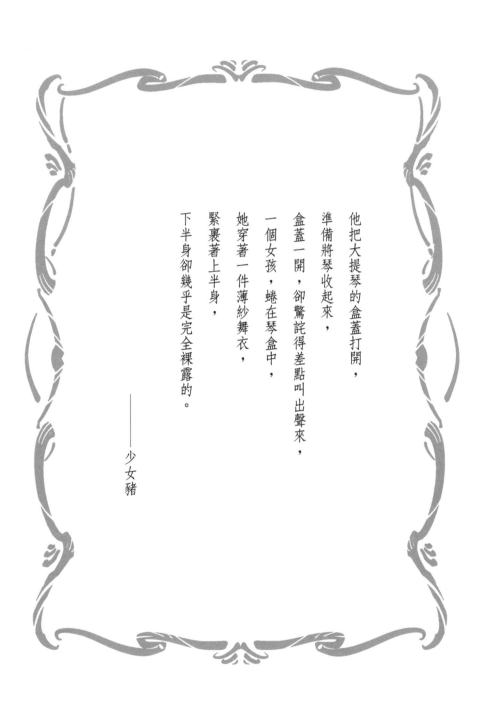

穿越明日的山徑

古豐樂正點起菸斗，車身一轉，便見到整座山谷，在面前展開，一束陽光投射在花田上，像是剛剛織成的錦緞，閃亮璀璨。他看得有些怔了，沒聽見月芳同他說話。

「你耳聾啦？」月芳的嗓門提高了。

「什麼啊？我沒留意。」他有點懊惱。

難道月芳沒看見這樣美麗的景色嗎？如果是以前，她一定會停下車子，歡快的跳下來，開心的嚷嚷著，好美啊，好美啊，簡直是人間仙境。

現在的她，緊鎖眉頭，視若無睹，怎麼會變成這樣的呢？一定是因為在吃減肥藥的緣故，他常覺得一切美好的生活，都是從她開始吃減肥藥之後，就變壞了。當她愈來愈瘦，脾氣愈來愈壞，他們的生活也再無快樂可言了。

「你專心一點好不好？總是抱怨沒有靈感，我看你是根本做什麼事也不專心。」

「我專心在看風景啊。」他笑笑的說。

月芳不覺得好笑，一點也不笑。

「我說啊，我幫你爭取了兩個月，這已經是我的極限了，導演啊、製作人啊，唱片公司啊，我都會幫你擺平，可是，時候到了你要是還交白卷，我真的沒辦法了……」

「小月……」他看著她的側臉，雙頰凹陷，顴骨隆起，這個削瘦的女人，已經完全不是當年的小圓月了，可是，他明白她為自己吃了多少苦。

充滿感情的，他對她說：「妳回來我身邊，好不好？」

「老古啊。我們討論過的，你別煩我，我也不嘮叨你，咱們各過各的，行不行？」那好不容易舒展開的黑眉毛又擰在一起了。

他喜歡她以前稀疏的淡眉，像個孩子似的，現在的眉是紋過的，她自己喜歡的樣子。變得精明，企圖心勃發。

「行行行。」他噴出一口煙：「妳說的都行。」

「你記著，千萬別在屋裡抽菸……」

「我知道，要去屋外抽。」

「也別在草堆旁邊抽，免得火星子飛出去燒著了……」

「我就不明白，為什麼非得來這裡？我就是沒靈感了，把我藏起來，靈感就能來了嗎？」提到抽菸的事，他就有點煩躁。

嘎——尖銳的煞車聲響起，車子猛的停住，老古的頭撞上擋風玻璃，菸斗從他口中掉下來，落在月芳的裙子上。他原本想抱怨，月芳的反應未免太大了，可是，那一下子撞擊，讓他突然失去了知覺。

有幾秒鐘，他在奇異的暈眩中，看見一個少女，輕快的從車子前面跑躍而過。短短的頭髮飄揚著，臉兒笑得好圓，白白的牙齒閃著細碎的光芒。

那光芒閃得他無法睜開眼睛，他只好閉上雙眼。

老古！嘿，老古！

他覺得奇怪，少女怎麼知道他叫老古呢？只有少數幾個親近的朋友才這麼叫他，其他的人，都恭恭敬敬喚一聲「大師」。

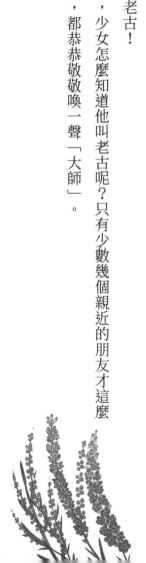

沒有靈感的大師，仍然是大師。

「老古！」冰涼的手拍擊著他，他聽出來，是月芳的聲音。

「你聽得見我嗎？你怎麼樣了？」月芳的唾沫子飛在他臉上，靠得很近，像是要給他做人工呼吸的樣子。

他深吸一口氣，看著月芳：「妳用什麼香水？這麼好聞？」

「你真是死性不改！」月芳把他推開。

他確實聞到一股沁雅的香氣，仔細嗅一嗅，又消失了。

「妳想謀殺我啊？」他扭了扭脖子，拾起菸斗：「講得好好的，說翻臉就翻臉，緊急煞車，妳自己也在車上啊！玉石俱焚啊？」

月芳開了車門下車去，東張西望。

「怎麼啦？」他也跟著左顧右盼。

這是一條不算寬敞的山路，已經進入山谷了，一邊是花田，另一邊是樹林，蟬聲正熱烈的鳴唱著，秋天的蟬聲像很薄的透明玻璃紙，摩擦著發出高亢的聲響，籠罩住整個谷地。

「你沒看見嗎？」

「看見什麼？」

「剛剛啊，在我踩煞車之前……」

他想到了少女的笑臉，但他沒說出來。

「我看見一隻……」月芳思索著該如何形容：「不知道是狗啊還是什麼……」她又彎下腰在車輪下面巡視，看了一圈，才鬆了一口氣：「還好，沒壓到。你知道的，我姑媽愛護動物是世界第一的，如果我撞到動物了，那就萬死莫辭了。」

「小月啊！」古豐樂做出可憐兮兮的表情：「妳還是帶我離開吧，我真的不想待在這裡，跟妳姑媽一起生活啊。」

「放心吧！你是動物，我姑媽會愛護你的。」月芳說著，笑意從眼梢流洩而下。

古豐樂忽然覺得有點安慰，已經好久沒見過，月芳因他而微笑了。

牧場的入口處到了，「紫夢牧場」四個大字高懸著，這就是他要度過兩個月的休養所，他將風雲再起，或從此銷聲匿跡，就全看這兩個月了。

這裡是否藏著靈感呢？他能重新獲得靈感嗎？

「喂！老古。你不會讓我失望的吧？」月芳的眼神中，明明白白看見期望。

「哼。」他含含糊糊應了一聲，做為回答。

轉頭看著來時路，那被綠蔭層層掩映的山徑，是剛剛走過的，也是通往明日的。只是，誰知道等在明日的，將會是什麼？

他嗅到空氣中有陣陣香氣，啊，是薰衣草。

薰衣草神奇料理

安妮真是個奇怪的女人。

泡在浴池裡的古豐樂忍不住這麼想，他雖然隨著月芳叫安妮姑媽，其實，安妮只比他大十歲，看起來卻與他年齡差不多，四十左右的樣子。這個五十歲的女人，曾是個舞蹈家，後來為了愛情，退出舞蹈界，與畫家丈夫經營牧場，丈夫過世之後，她就守著丈夫的牧場和畫作，過著農婦的生活。如果她肯賣畫，或者乾脆賣了牧場，便可以過著養尊處優的日子，可是，她不肯賣。

安妮天一黑就要上床睡覺了，他只好獨自吃一個緩慢的晚餐，然後，在牧場裡隨意逛逛，與幾個工人閒聊，再逛進主屋裡，爬上階梯，管家桑媽媽捧著毛巾等候著他。

「古先生，您去泡個澡，早點休息吧。」

古豐樂心裡明白，如果不是因為他，他們大家都早早休息了，用不著熬到現在。他立即接過浴巾，往浴室裡去。那是一間很寬廣的浴室，中間有一個用觀音石砌起來的浴池，熱氣氤氳，像是騰雲駕霧一般。泡進浴池，正對著一扇大窗，窗外是一片休耕的田地，更遠處是森林。躺在浴池裡還能看見滿天星星。他特意熄了燈，鬆弛了全身神經，讓溫熱的水浸泡著，腦袋也完全放空，什麼想法都沒有。只是讓熱水把身體漂浮起來，像是回歸母體的舒適安穩。

咚，咚咚咚，咚，咚咚咚……

乒乒，乒乒，乒乒，乒乒……

他聽見了節奏，他對節奏如此熟悉，如此敏感。他聽見了節奏。

乒乓乒乓，乒乓乒乓乓，乒乓乓，乓乓……

是從樓上傳來的，這是舞步，有人在練舞，配合著音樂跳舞，他雖然聽不見音樂，卻抓得出節奏。這是一支快樂的舞曲。

難道是安妮在練舞？白天是個農婦，是丈夫期望的樣子，夜深人靜的時候，她獨自練舞，恢復成自己。原來，這便是安妮最真實的樣貌。

他發現自己竟有些眼溼，被這個故事感動了。明明是四十幾歲的中年人，怎麼竟這麼容易感動呢？他嘲笑自己，身子一撐，從浴池起來，走到水龍頭前沖洗身體。他看著水柱擊打著自己的軀體，那仍舊緊實的肌肉，是常常去健身房裡鍛鍊出來的，一身皮肉可以鍛鍊精壯，為什麼靈感卻萎縮了呢？

他還記得在歌劇院，場場爆滿的那連續五十場演出，他譜出了「驚人的天籟之聲」、「竊取了上帝的曲譜」，這些都是樂評人的褒獎之詞，而他還記得那種得心應手的感覺。那時候，身邊的助手有十幾個，他隨時隨地都能做出曲子來，吃早餐的時候、上廁所的時候、游泳的時候、剔牙的時候，甚至是在做愛的時候。這些助理輪班跟著他，第一時間把曲譜記錄下來，月芳抱怨過，連燭光晚餐也有個助理在暗處窺伺。不只是月芳，別的女人也抱怨過，當他們偷情的時候，隔壁房間就躲著個助理。

他想著，搖了搖頭，怪不得熟悉他的人都說：「你該的，老古，你把你的好運和才華都揮霍光啦！」像個詛咒似的，他這才知道，原來有這麼多人對他不以為然，他一直以為大家都很崇拜他的。

他裸著身子，走到窗邊，窗子被白色霧氣封住了，他用手掌抹了抹，往外望。從主屋裡投射出的燈光，微弱的照在田地裡，他看見一個很年輕的女孩，正在跳舞。乒乒乒乓乓，乒乒乒，乓乓……

女孩的身子渾圓嬌小，舉手投足充滿旋律，非常靈活，他心裡想，這難道是安妮的學生嗎？拜安妮為師，來學舞的？

女孩一個旋轉，忽然仰臉望向他，微笑著，對他揮揮手。

他猛然想起自己是赤裸的，嚇得背轉過身子。

過了幾秒鐘，他又想到，女孩不該看見他的啊，浴室裡是黑的，再說，這應該是一片不透明的玻璃，只有裡面看得見外面。

他覺得自己太神經質了，女孩也許只是在跟同伴打招呼，深吸一口氣，他再度轉身，望向窗外。

那一大片休耕的田地，安靜的睡臥著，哪裡有什麼女孩？

他失眠了。

這已經是習慣性的失眠了，他希望自己只是失眠，可不想再加上個幻覺之類的毛病。只是，將睡未睡之際，他便會看見舞蹈的女孩，隨著她的身體律動，他竟然能捕捉到幾個躍躍欲試的音符，成一段短短的曲子。

天剛亮，桑媽媽就來敲門，說是安妮請他去吃早餐了。

安妮看起來神采奕奕，頭上紮一條圍巾，穿了件寬大的長襯衫，正在張羅餐桌。桌上有薰衣草烤麵包、藍莓果醬、迷迭香薄煎豬排，還有一大盅薰衣草熱牛奶。

「睡得還好吧？」安妮遞一塊麵包給他：「今天我們有很多活兒要做，得去把新買的那塊地整出來。中午你要照顧自己，午餐已經放在冰箱裡了，你自己拿出來熱熱。在這裡，我們的餐點，都是薰衣草口味的，你吃得慣吧？」

「薰衣草……」他喃喃的唸著。

安妮已經像陣風似的，出門去了。

他吃過早餐，進了房間，把夜來得著的幾節樂曲譜出來，打開大提琴的盒子，用弓拉出幾個音符，調了調弦，再拉一小段，大提琴沉緩怨慕的音調，在屋裡飄蕩著，低迴著，像是找不到出路，多麼像是他自己啊。

他覺得渴。

將大提琴靠在床邊，他走出房間，屋裡一個人也沒有，連桑媽媽也出去了。他在廚房裡轉了轉，看見那一盅薰衣草牛奶，喝點牛奶也不錯。他將牛奶倒進小鍋子裡，熱得沸騰了，薰衣草的氣味溢出來，蓋住了牛奶的腥味。他吃早餐時，沒有碰過的牛奶，淺淺的紫色忽然引起他的欲望，他喝了一口，淡淡的甜味與薰衣草結合得很恰當，順滑的口感，使他一口氣喝掉一大杯。

只有在童年時候才這麼熱中喝牛奶的，前些年，他喝威士忌和紅酒，早就不碰奶製品了，更何況是喝牛奶。他喝完牛奶，不知怎的，眼皮子重起來，竟

感到昏昏欲睡。

過去就算是夜裡失眠，白天也不會想睡覺的，可能是鄉居生活，空氣大不相同。也可能是這一大杯薰衣草牛奶吧，薰衣草不是安定精神的？

他回到房裡，決定先補個眠，睡眠對他來說，何其珍貴啊。

他把大提琴的盒蓋打開，準備將琴收起來，盒蓋一開，卻驚詫得差點叫出聲來，一個女孩，蜷在琴盒中，她穿著一件薄紗舞衣，緊裹著上半身，下半身卻幾乎是完全裸露的。

「天啊！」他倒抽一口氣。

女孩雙手掩住臉，聽見他的聲音，才將手拿開，一張皎潔甜美的圓臉，展露出來。她的臉上有著調皮的神情，一點也不羞赧驚惶。

「睡在琴盒裡好舒服喔。我可以在這裡睡嗎？」女孩的臉頰上嵌著一個酒窩。

「呃……」古豐樂一時之間竟不知道該如何回答：「妳是……」

「我沒見過你啊。你是誰？剛剛的琴聲是你拉的嗎？聽起來很憂傷呢，你不開心嗎？」女孩一連串的問著，一邊坐起身子。

「我是……老古。妳可以叫我老古……我，其實沒有很憂傷，只是有一點點不快樂……」他一直注視著少女：「我覺得妳有點面熟，我們以前見過嗎？」

這並不是和女人搭訕的伎倆，他看著少女的臉，確實有種熟悉感。

少女已經從琴盒跨出來，笑嘻嘻的湊近他：「我也覺得你很面熟啊。」她湊得實在有點太近了，連從不躲避女人的他，都忍不住向後退了一步。

「妳和安妮學舞嗎？」他只好努力找話講。

「噓……」少女踮起腳尖：「安妮不喜歡講跳舞的事，我也不喜歡。」她暖暖的氣息吹撫在他耳際，酥酥癢癢，他的腿有點軟了。

「我喜歡你的音樂，很好聽。我喜歡。」

當她的身子貼上來，他的胸膛承受到她柔軟的雙峰，便一屁股坐在了床上。說真的，他已經好久沒有見過這麼豐滿的女人了，不只是她的胸部，而是她整個體型，都是渾圓的。天知道，這才是他心目中的理想女人。她用圓滾滾的手臂圈住他的頸項，輕巧的一個騰躍，便跨坐在他的腿上了。她的圓滾滾的雙腿屈著，呈一種跪坐的姿勢，纖瘦的女人絕不能迸發出這樣的肉感。

「妳，滿十八歲沒有啊？」古豐樂只剩下這個掙扎。

少女不理會，勾著他的頭，開始親吻。濃烈的薰衣草香味，牛奶的甜味，從她的口中送進他的口中，一股電擊般的酥麻，直接貫穿腦門。他最後的防衛也潰決，像個野獸似的吻她、咬她，在她細緻的下巴刻滿唇印，而她不斷的嗯嗯哼著，只激發出他更猛烈的進攻。他就像是在品嚐著薰衣草的神奇料理那樣的，將她的衣裳褪盡，按壓她深深陷進床裡面，一次一次又一次，直到她發出求饒的細細啜泣聲，他才能停止。

他把臉埋進她的雙乳間，感覺著她快速的心跳，震動著肌膚，也震動著他的耳膜。這樣豐美的女體，讓他彷彿也變成了一個少年。

他在少年的夢中睡去。

紫色的夢幻泡泡

在少年的夢中，他又回到了山坡上那所音樂學院，和琴師的女兒雲朵滾在細細的草地上。雲朵就像天上的雲朵一樣，渾圓的，輕盈的，開朗的，讓人看了就能有好心情。雲朵是他第一個情人，那年，他十八歲，雲朵十七歲。學院裡很多富家子弟都在追求她，而她偏偏只喜歡古豐樂，她喜歡聽他拉大提琴，每當他開始演奏，她便抱著膝蓋，安靜的聆聽，眼睛溼溼的。他擱好琴，就過去親吻她，吻遍她臉上每一寸，直到她開心的笑起來。

他們的第一次，是在雲朵父親的造琴室裡發生的。兩個人都沒有經驗，他卻給了她很多承諾，他那時正要出國去參加比賽，他告訴她，如果得了名次回來，就要和她結婚，永遠在一起。

他得了第一名，留在國外繼續進修，再也沒有回山坡上的音樂學院。過幾年，聽說雲朵嫁人了，是個和她父親學造琴的學徒。

這也許是最好的結局。他後來一直這樣對自己說，青春時的歡愛，不管有

多美，就像是紫色的夢幻泡泡，終究是要破滅的。

原來是雲朵。

醒來的時候，他忽然想起，睡在琴盒裡的少女，激起他無限愛欲的少女，原來像雲朵，怪不得如此面熟。可是，他其實有好多年都沒想起雲朵了啊。

醒來的時候，少女已經不在懷裡，他看著起縐的床單，這一切，該不會是春夢一場吧？

然而，他的手拂過床單，有一些音樂拂過他的腦海，一些新鮮的元素與組合，他忙著掀開曲譜，記錄下來。看著完成了好幾頁的組曲，他有些難以置信，這已經是好多年沒有的創作狀態了，就像滑雪一樣流暢快意。

他試著彈出來，曲中的甜美青春，淡淡悵惘，是山坡上佇立等待的雲朵，也是琴盒裡睡姿撩人的少女。

天黑之後，安妮他們從田裡回來，大家一塊兒進入餐廳用餐。仍意猶未盡的談論著白天的工作與想法，古豐樂安靜的沉溺在自己的奇遇中。

「嘿！老古。桑媽媽說你的午餐一點也沒動，怎麼？不喜歡？」安妮在餐桌的另一頭問。

「不是的，我只是……」他仔細斟酌用語：「我創作得累了，就睡了一覺，醒來天已經黑了。」

「真是大師啊！」工人之一讚嘆著：「像我們這些粗人，如果沒吃飽，怎麼也睡不著。」

安妮招來桑媽媽問著：「金鈴子吃了沒有？」

「在睡呢。也不知道為什麼那麼累。」

她們的對話聲音很低，可是，古豐樂卻聽見了。

金鈴子。原來是金鈴子。金鈴子在睡，金鈴子為什麼那麼累？只有他知道為什麼。他忍不住的心裡發癢，喜孜孜的。有種想要逾越的企圖，他忍不住衝動的問：「姑媽為什麼不和妳的學生辦個舞展呢？」

「我的學生？」安妮環視著粗壯木訥的工人：「我和他們辦舞展？跳插秧舞？還是整地舞啊？」

一桌人嘩的大笑起來。

古豐樂閉上了嘴，金鈴子說得沒錯，安妮不喜歡提到跳舞的事。他不該提。

然而，這小小的逾越令他感覺刺激，他需要刺激，一向如此。

他等候著帶給他尖銳興奮刺激的少女，再次出現。他滿屋子尋找，一點蹤影也沒有，當大家都出外整地的時候，偌大的房子裡，只有他孤零零的一個人。少女到哪兒去了呢？也許，她並不住在這裡，也許她是從別處來這裡跳舞的，現在，她又離開了，離開之後，還會不會再回來呢？

他已經好久沒有領略過這種思念的情緒了。在思念中，他試著譜了一些憂傷的曲子，並且演奏它們。大提琴的聲音，連屋內的家具都產生了共鳴，只是，少女依舊沒有出現。

一個多禮拜過去了，他將大提琴搬到穀倉門口，在陰影裡試著演奏一支新完成的曲子，做一些小小的修改。修改了幾個音符，抬起頭，便見到了少女。穿著一身粉紅色的緊身衣，小小的芭蕾舞裙，微笑的看著他。

「金鈴子！」他的內心因歡快而悸動。

原本已經向他迎來的少女，忽然有些遲疑。

「妳不叫金鈴子？」

「你怎麼知道我叫金鈴子？」她的嘴微微嘟翹著，憨態可掬。

他真的好想衝過去給她一個深深的吻，吻到她發出嗯嗯的聲音，吻到她哀求他更進一步，對她為所欲為。

「我喜歡你的音樂，怪不得他們都叫你大師。」金鈴子的眼睛裡閃著少女純真的光芒，讓他不敢造次，雖然蠢蠢欲動。

「妳來跳舞，我來伴奏。好不好？」

「你要為我演奏？真的？」金鈴子快樂起來，臉頰上的潮紅湧起。

古豐樂真希望她趕快開始跳舞，要不然他就要忍不住剝下她的緊身衣和芭蕾舞裙了。

金鈴子抬頭深呼吸，做了幾個柔軟的伸展動作，便開始踮起腳尖來，她穿著一雙深褐色的芭蕾舞鞋，輕盈的舞動起身子，她的每一個旋轉與彎身，都激動著古豐樂，那些音符和樂曲排著隊從他腦海中傾洩而出，透過金鈴子的舞

動，她可以看見那齣等待創作的音樂劇中的情節，彷彿在舞台上，攀越高山的女主角，在雲端高歌；而那遠征的男主角，在垂死的溪畔掙扎求活，他的音樂中有了風雪，有了月光，有了風化的岩石，有了一切，他因激動而顫抖，汗流浹背，就像是造了一場空前絕後的愛。

金鈴子停下來的時候，他也幾近癱瘓了。

金鈴子滾進他懷裡，撫著他的大提琴，汗水使她的緊身衣透明起來：

「要不要把曲譜記下來？」

他拿出曲本，找不到地方可以書寫，金鈴子一個翻身趴在草堆上，她說：

「在我背上，在我背上寫嘛！」

像個小女孩似的，她這樣要求，誰能拒絕這樣的邀請呢？她的背，平坦厚實，薰衣草的氣味，陣陣從汗溼的背上蒸騰而出。他就在那塊如同桌子一樣平坦的背上，記下了每一個樂章。

「完成了。」他將墨水筆套上，有些難以置信的：「只剩幾節過場音樂，就完成了。怎麼可能？」

金鈴子仍然趴著，肩膀一聳一聳的。她流淚了。淚水滑過臉頰，膚色更顯出透明的光澤。

他撫著她頸上掛著的一顆小金鈴，再從她的肩一路下探，俯在她耳邊說：「不哭不哭。妳為什麼哭？」

「你是不是要離開了？回城裡去了？我捨不得你走。」金鈴子撲進他懷裡。

他還沒來得及說話，先親吻了她，這一吻無法收拾，他們滾進草堆，纏綿著難捨難分。

「我要帶妳走。」古豐樂在情欲酣暢時，說出這句話：「妳是我的繆斯。」

「你根本不知道我是誰，你不會想帶我走的。」金鈴子皺了皺鼻子。

「是妳嫌棄我。」古豐樂咬她的鼻子：「妳嫌我是個老頭子。」

「誰敢說你老？」金鈴子的眼光溜過他赤裸的胴體：「讓她們來試試看。」

他大笑，每個細胞都樂不可支，就是她了。她是他一直在找，一直想要的女人，她能為他找回無窮的活力與青春。

他解下自己掛在脖子上許多年的一方玉珮，纏繞在她的金鈴項鍊上：「我已經下定決心了，沒人能拆散我們。」

「你不是認真的吧？」金鈴子有點憂鬱。

「我從來沒有這麼認真過。」他看著她的眼睛，一個字一個字的說著。

「不行的。不能認真的……」她想解開頸上的玉珮：「會讓人看見的，你把它取下來，取下來吧！」她顯然對於項鍊是一點辦法也沒有的。

陽光不知何時隱去了，天漸漸黑了。

金鈴子更加焦躁：「快啊！解下來啊！」

他不明白，為什麼氣氛忽然變了。但，他聽見車子從遠處駛來的聲音，是安妮他們收工回來了。

金鈴子倏的起身，穿回她的衣裳，立即往樓梯上跑，古豐樂想也沒想，就跟著她跑。

「別跟著我！」金鈴子一邊跑著，一邊回頭對他嚷嚷：「你別跟著我！」

「妳別怕啊！沒什麼好怕的。我來跟他們說——」

安妮他們的車就在穀倉前方停下了，大家開了車門，準備下車。安妮大聲叫著：「吆吆！金鈴子！在哪裡啊？」

古豐樂的眼光從安妮那裡轉回來，金鈴子不見了，跑在前方的是一隻小豬。

他的腳一下踩空了，轟隆，直直摔落下來。

好像連哼都沒哼一聲，就昏迷過去了。

捲捲的小豬尾巴

渾圓的豬屁股晃啊晃的，小小的捲曲的豬尾巴，在他眼前忽遠忽近，在這場冗長的夢境中，他分不清自己是醒著還是睡著。

「竟然都已經完成了？簡直是奇蹟！」一個女人的聲音在說話：「我已經傳去劇場了，導演看見都哭了，感動得不得了……他們說他是永遠的大師，是永遠的。不知道啊……沒人知道發生了什麼事，醫生看過了，一點腦震盪，應

該沒什麼大礙的。是啊，可能是太累了，我也這麼想，對啊，讓他乘機休息一下也好……」

另一個女人的聲音響起：「這已經是第三天了吧？妳也陪了這麼久，去休息一下吧，我和桑媽媽看著他就好……」

古豐樂感覺有一隻涼涼的手，撫過他的額頭。是金鈴子嗎？

「金鈴子！別怕……」他抓住那隻手，醒過來。

「你醒啦？老古啊！你嚇死人了！」月芳抽回自己的手，輕輕拍打他的臉頰，無限溫柔的。

他看見自己睡在房間裡，安妮和桑媽媽也在。就是金鈴子不在。

「金鈴子呢？」他問安妮。

安妮和桑媽媽古怪的看了彼此一眼。

「你找金鈴子？」

「是啊。她躲在哪裡？她被妳嚇跑了！我要帶她走，不管妳反不反對，我決定了！」

「古先生！你這就太不講理了，金鈴子是我們太太的心肝寶貝，是先生送她的禮物，你說帶走就帶走，這不是做客之道吧？」桑媽媽有點動氣。

「金鈴子是個人，不是禮物，怎麼可以送來送去的？」古豐樂也動了氣。

這話一說出口，大家都安靜下來了。

「老古啊！你近來撞了兩次頭，你還好吧？我看，我們得去醫院徹底檢查一下才行啊。」月芳的話聽在他耳裡，簡直是莫名其妙。

「桑媽媽。去把金鈴子帶來。」安妮下個指令給桑媽媽。

「妳不是在教金鈴子跳舞嗎？我聽過妳們跳舞的聲音，妳可以不承認這件事，我知道妳不喜歡提這件事。可是，我和金鈴子的感情，妳是不會明白的，我少不了她，她也少不了我了！我們要在一起，誰也不能拆散！」

那股濃郁的薰衣草氣味飄揚而來，他知道，他的金鈴子來了。

桑媽媽走進來，懷中抱著一隻粉紅色的迷你豬，剛剛正在喝牛奶的豬嘴上，還有一圈薰衣草牛奶的白沫。

「這就是金鈴子。」安妮接過迷你豬：「我已經養了快二十年了。我把牠看成自己的女兒一樣，你要把牠帶走？」

是一隻豬，是一隻豬。他看見小豬頸上的金鈴，與金鈴纏在一起的玉珮。是一隻豬。竟然是一隻豬。

「你們騙我！」他大喊：「不可能！這是不可能的……金鈴子是個女孩！我和她親過嘴！我和她做過愛！她是個女人——」

她是我的繆斯，我的青春源頭，她竟然是一隻豬。

吆——吆——吆！叫做金鈴子的小豬，彷佛也受到刺激似的昂著頸子叫起來。一邊叫著一邊踢著牠的蹄子，小小的、深褐色的芭蕾舞鞋。一踢一踢，踢出小小的芭蕾舞步。

「金鈴子！我要我的金鈴子——」古豐樂的嘶吼聲，震動了屋瓦。

多年之後，「紫夢牧場」的工人們，仍然認為他們見過最怪的事，就是一代音樂奇才，被稱為古大師的男人，忽然從牧場失蹤了。

他最後那齣音樂劇的演出十分轟動，可是，他依然沒有出現。許多媒體到牧場守候徘徊，想尋出個蛛絲馬跡，然而，這個人確實平空消失了。

牧場還是老樣子，安妮領著大家日出而作，日入而息，唯一有點不同的是，安妮最心愛的迷你豬不見了，而她也不提起。只是，餐桌上的薄煎豬排再也不出現了，沒有人問過原因，私下都說，可能是思念可愛的金鈴子的緣故吧。

每天的日子還是一樣的過，薰衣草年年豐收，整座牧場裡都是薰衣草的氣味，一種令人感覺安詳寧謐的氣氛。

工人們勞動一整天，期待的就是可以吃得飽飽的，在薰衣草的氣味中，像豬一樣的酣眠，真是最幸福的事了。

晉有一士人姓王，家在吳郡，還至曲阿，日暮，引船上，當大埭，見埭上有一女子，年十七八，便呼之留宿。至曉，解金鈴繫其臂，使人隨至家，都無女人。因過豬欄中，見母豬臂有金鈴。

——晉・干寶《搜神記》

妖物答客問

問（Diny yang）：

我喜歡金鈴子的故事，每次讀都彷彿可以聞到薰衣草的香氣。我想知道，如果老師遇到一位英俊、深情又體貼的男子，不過他是豬妖變的，老師有辦法接受他的告白嗎？

（我自己的話，貓變的王子我完全可以，豬變的王子就有一點那個……）

答（曼娟）：

說真的，貓不必變為王子或公主，牠們只是貓，就能得到我們全心全意的愛。所以我說，貓應該是進化得最高級的外星生物，喵星人是也。

這是一位江郎才盡的「大師」，在農場中重新找回靈感與生命意義的傳奇故事。人到中年，曾經的輝煌已經無法填補此刻的虛無，他迫切需要青春之泉。芭蕾少女的出現，一次滿足他的所有欲望。當他以為自己得到救贖，卻一腳踩空，跌回現實人生中。

我希望這個故事可以幽默一些，輕快一些。你感受到了嗎？

卷二 永恆遺失

水表面層有一顆紅色的螺，
像顆水滴那樣的倒掛著，
正是一顆眼睛的大小，色澤非常豔麗，
像是剛剛從傷口流出的血液。
那顆螺在水的表面張力下緩緩滑行，
牠的肉足一伸一縮，
粉紅色的肉身，感覺柔膩光滑。

——女螺

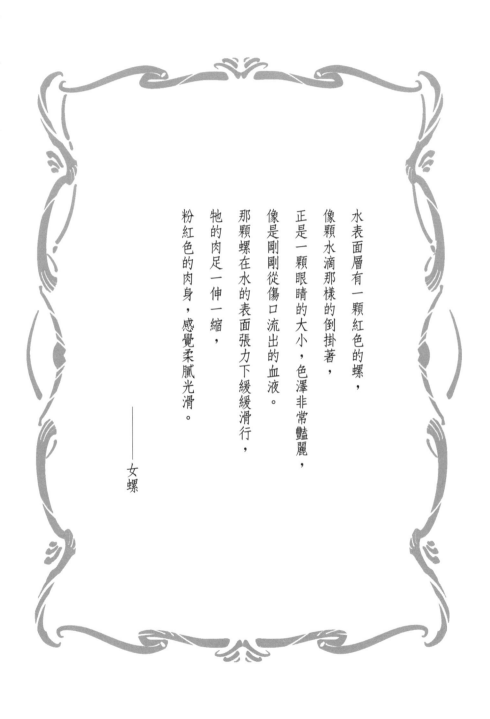

透明三尺玻璃缸

電梯緩緩上升，透過玻璃可以看見家家戶戶的燈火，還有遠處的霓虹燈，段宇淳貼靠牆壁站立，左手提著公事包，右手扣住左手腕。他要回家了，可是，回家也不能讓他鬆弛。他並不喜歡搭這一台透明電梯，是他的兒子永恆喜歡，每一次永恆都緊緊貼著透明玻璃，隨著電梯的升降，展現難得的微笑。

他可不是個五歲小孩，他是個三十五歲的成年男人了，他覺得透明電梯外面的那些五光十色，閃閃熠熠，就像許多貪婪的、偷窺的眼睛。而他宛如水族箱裡的生物，被人觀看著。這個想法讓他感到惱怒，怒氣充塞胸中，他向周遭的窺探者比出一根中指，喝斥一聲：「看什麼看？有什麼好看？」

叮！像是回應著他的質問，電梯發出清脆的鳴叫聲，停止下來。

二十五樓到了。他習慣性的拉鬆領帶，走出來。

這是一層一戶的樓層，如同城堡的最尖端，囚禁公主的寶塔。

他聽見自己的皮鞋橐橐橐的聲音，彷彿還有另一種聲音，似有若無的喘息和呻吟。他站住，不會的，他再也不會在這裡聽見這樣的聲音了。永遠不會了。

蜜青已經離開了，那曾經是親愛的老婆的女人，那個宣稱十五歲就愛上了他，而又嫁給他為他生兒子的女人，已經徹底離開了他的世界。

「滾！妳給我滾！我永遠不要再看見妳——」他在盛怒中朝她吠叫，唾沫噴了她一頭一臉。

可是，蜜青完全不討饒也不談條件，爽落的提起行李就走。頭都不回。那一瞬間，段宇淳發覺他才是被遺棄的，他和兒子永恆，被這個女人遺棄了。

好長一段日子，他用鑰匙開門都戰戰兢兢，很擔心看見零亂的脫在地上的洋裝和內衣，很擔心尋聲而去，在臥房門口看見蜜青赤裸的與一個男人交纏的狂浪。

他愈回想愈難以接受的是，那個男人的衣著是整齊的，連衣服都沒脫下來，蜜青就這麼躁進，這麼饑渴嗎？

他不會再經歷這樣的事了。耳中殘餘的聲響，是中午在車上和特助糾纏的喘息呻吟。那是性，沒有愛。他甚至沒什麼感覺，只有征服的快感。

特助Tiffany下個禮拜就要結婚了，她擁抱著段宇淳的時候，動情的落了淚。

「你說一句，只要你說一句，我就不結婚了。」她附在他耳邊，催眠一樣的呢喃。

「傻瓜。小傻瓜。我怎麼能讓妳為我耽誤了幸福？我是這麼心疼妳，怎麼能讓妳受委屈？乖乖，妳結了婚，我才能安心……」他對她反催眠，事實上，她結了婚，他更沒有罪疚感了。即使她結了婚，他知道她還是擺脫不了他，她會背著丈夫與他偷情。一個背叛丈夫的女人，還有什麼好說的？

Tiffany也不是第一個與他偷情的有夫之婦，他已經迷上了這種危險遊戲，背德關係。

他用鑰匙開了門，客廳裡的燈失去感應，原本應該自動亮起柔和的光，此刻卻闃暗著。然而，他看見黑暗的客廳的心子裡，亮著一塊小區域。藍綠色的

光瑩瑩然，一塊長方形的透明物體，在黑暗裡飄浮著、呼吸著，像是來自外星的生物，下一秒就會逃逸或變形。極其詭異，又極其絢麗。

他有種被蠱惑的怔忡，愣了半晌才想到，是那個養魚的三尺透明缸，姊姊宇清的傑作。

「你知道為什麼你這麼不順利？蜜青跑了，永恆又這樣，你的事業呢，一點起色也沒有，風水啊！都是風水的問題！當年你姊夫也是灰頭土臉的，我聽了師父的話，架個三尺缸，看！時來運轉吧。」

看在宇清常常來幫他帶永恆的份上，他只得隨她。可是，他對養魚一點興趣也沒有，宇清倒是把一切準備得妥妥當當的，加溫器啦、水質濾淨器啦，這個那個。他走到缸邊，看見拖著長尾巴的小魚，色彩繽紛的游動著，還有色澤鮮豔的蝦子，虛張聲勢的舉起鉗子，另外，在綠色植物上面，還停著幾顆紅色的田螺。

田螺也有紅色的嗎？關於螺類，他認識的只有田螺。在餐桌上，烤田螺一向是他喜愛的料理。

這只三尺缸不是第一天到他家來，他卻是頭一次與它面對面。前幾天他不是喝醉了，就是天亮才回來，竟然一直沒有注意。他慢慢走到缸的前方，撕下上面貼的一張紙，是宇清潦草的字跡：

「明天我就要去大陸了，你多費心照顧永恆，他很愛魚，可以看很久。我會打電話請鐘點保母，你自愛點，別忘了自己是個父親了。」

宇淳冷冷一笑，去大陸還不是為了盯老公？心如果不在了，時來運轉有什麼用？他把紙片揉成一團，扔到天花板再墜落下來。

看什麼看？

他忽然覺得魚缸的方向有一雙窺探的眼睛。他機警的注視著魚缸，咕嚕咕嚕，玻璃缸打著氣泡，水表面層有一顆紅色的螺，像顆水滴那樣的倒掛著，正是一顆眼睛的大小，色澤非常豔麗，像是剛剛從傷口流出的血液。那顆螺在水的表面張力下緩緩滑行，牠的肉足一伸一縮，粉紅色的肉身，感覺柔膩光滑。

段宇淳看得有些痴了。他不知道螺可以用這樣的方式移動，忽然有種說不清的衝動，想要觸碰。他真的伸出手，伸進溫暖的水中，那毫無雜質的水表面，被他的手指戳破，他的指尖馬上就要觸到螺了。

「爸！」一聲尖叫。

他嚇得收回手。

是永恆。穿著睡衣，一隻手還拉著毯子，站在不遠處望著他。那孩子不知道什麼時候開了燈，他竟然一點也不知覺。

「小恆啊。」他朝向永恆：「怎麼醒啦？爸爸把你吵醒啦？要不要尿尿？不想啊？那，爸爸陪你進房去睡覺，好不好？」

單口相聲似的，他一連串的說著，永恆並不回答。只是用黑黑亮亮的眼眸盯著他。那雙眼睛太炯亮，一點也沒有惺忪的迷離，過於清醒的眼睛，好像從沒有睡眠。段宇淳無法與永恆對望，他總是逃避著兒子的眼睛。

離開客廳的時候，他關上了玻璃缸的燈，不小心也踢掉了濾淨器的插頭。

穿著紅裙的女人

段宇淳這一趟旅程很刺激，他原本是不用自己跑一趟的，可是，為了逃避和兒子獨處，他情願長途飛行，在旅館裡睜著眼睛看付費影片，從黑夜到天明。反正他也睡不著。

搭乘十幾個小時的飛機，坐在頭等艙裡，他短短睡了一覺。然後，他感覺到一隻手的撫摸，色情的，欲望濃烈的手指，挑逗著他。他睜開眼，一個女人鑽進他的毛毯中，抬起溼漉漉的眼睛看著他。

他的心陡的跳了一下，正是睡眠時間，機艙裡關著燈，依稀還可以聽見別人均勻的鼻息鼾聲。這到底是夢還是真實？他動了動，女人半裸的身體貼住他：

「噓……」她說。

只是一個氣音，噓，為什麼他的雞皮疙瘩暴起，最性感的那根神經被撥弄著，顫顫欲斷？

女人的手指敏捷的移到他的腰部，然後是拉鍊，他的拉鍊被拉下，女人順著他的身子下滑，一路下滑，他猛然抓住兩旁扶手，脖子往後仰，咬住牙憋住即將爆開的號叫。天啊。天啊！機艙裡快要燃燒了嗎？快要爆炸了吧？天啊！天——失速了，控制不了了，這麼快速下墜，要墜機了嗎？好的，來吧，焚燒吧！就是現在，墜機吧！毀滅吧！啊——

有那麼一瞬間，他的眼前爆出一個火球，化成千萬個碎片，迸裂成灰。

他聽見自己濁重的喘息，他遇見過許多女人，從沒遇見過這樣的。他有過許多性經驗，從沒有這種極樂又瀕死的時刻。這一場抵得了過去所有的總合。

他等著自己漸漸恢復正常呼吸，然後，揭起毛毯。

他的拉鍊好好的拉上，只遺留一個枕頭在膝上，並沒有任何一個女人。

他坐直身子，打開燈，四處搜尋，一片紅色的裙角在過道那裡閃了一下。難道是進入廁所了？還是，這是一個邀請，正餐其實在廁所裡？他微笑著，等在廁所門口，這樣的豔遇，百年難得啊。

門開了，一個矮胖的男人走出來，他愣住了，總覺得廁所裡面應該還有人。探頭進去張望一下，沒有，紅裙女人並不在裡面。

他有點不甘心，在頭等艙裡巡了一下，稀稀落落的頭等艙裡，只有一個女人，看起來有慈禧太后那麼老。

他還藉著口渴肚子餓，到空服員那裡晃了一下，仍然一無所獲。這個尤物，是從經濟艙摸到頭等艙來的嗎？她是不是在機場裡就已經盯上他了？像獵人盯住了獵物那樣的，一直尾隨著他？這想法令他亢奮，令他沾沾自喜。

可惜，他一直沒有再遇見那個女人。

他的車才駛進停車場，宇清的電話就來了。

「你這個爸爸怎麼當的？把小恆丟在家裡就出門了？你要活活把他餓死嗎？」宇清劈頭就是一陣吼叫。

段宇淳最恨她老是把他當三歲小孩。

「我找了鐘點保母來照顧他啦。妳吼什麼吼啊？我的耳膜都破啦！」

「鐘點保母家裡出了事，沒辦法去看小恆了，人家一直打電話給你，都找不到人，只好打給我！」

「什麼時候的事？」他也急了。

「前天啊！你這個……」宇清的話被硬生生截斷。

怎麼會這樣？那個該死的保母竟然說走就走？他要告她，要告他們公司。他要告到他們傾家蕩產。永恆，永恆。千萬不能出事啊，如果出了事，全世界都會指責他，指責他是個不負責任的父親。永恆是他的兒子，確實是他的兒子啊。雖然他懷疑過，在蜜青離開之後，還帶著永恆去驗了ＤＮＡ，可是，他已經相信永恆是他的兒子了。

永恆曾經是個聰明活潑的小男孩，都是因為蜜青，蜜青的背叛，他和蜜青激烈的爭吵，蜜青的絕情拋棄……都是蜜青的錯。如果永恆有什麼三長兩短，他絕不會放過蜜青，那個該死的女人。

他開門的手顫抖著，鑰匙老是插不進孔洞裡，彷彿，他聽見永恆聲嘶力竭的哭聲。門開了，明亮如同樣品屋的客廳，寬敞的展開在他面前，沙發上一對母子正在嬉戲，滾成一團。這不是他家，走錯了。怎麼竟會開錯門？他連忙退出去。站在門外，他恍惚了，這是他的家啊。這確實是他家沒錯啊。

他再度把門推開，沙發上的孩子望向他，是永恆，是他的兒子。

這是他的家，是一個被整理得潔淨明亮，井然有序的家，完全像是一個新的家，彷彿連牆壁都重新粉刷過了。

「永恆。」他喚兒子。同時注意著沙發上的女人。

女人轉過頭，帶著笑意望向他，一邊輕拍永恆的背：

「爸爸回來了。有沒有叫人？」

永恆從沙發上滑下來，走到他身邊，有點靦腆羞澀的開口，叫了聲：「爸爸。」

段宇淳草草的揉了一下永恆的頭髮，他覺得這女人太自在了，好像她一直是住在這裡的樣子。

「妳是……」

女人亭亭的從沙發上起身，她穿著圍裙，更像是一個女主人的樣子。

「我叫米羅。段先生你好。他們叫我來的，說是有小朋友需要照顧……」

「喔。」段宇淳鬆了口氣，保母公司還不算太離譜，這還差不多。

「爸爸回來了。我們是不是要吃飯啦？」永恆不知道什麼時候偎到米羅身邊去了，米羅彎著腰對他說。

永恆點點頭，立即往廚房跑去。

「吃什麼啊？」宇淳揚聲問，並不期待聽見回答。

「義大利麵！」永恆脆響的童音卻高亢的迴盪著。

宇淳覺得很詫異，永恆關上的開關，好像忽然被打開來了，一切正常運作。

他不知道鐘點保母還有做飯的服務項目，可是，義大利麵確實好吃，永恆吃完麵，還把空盤子舉給米羅看，討好的意圖非常明顯。

米羅很快把碗盤洗乾淨，接著又幫永恆洗澡。洗過澡的永恆不肯睡，無限依戀的纏著米羅：「妳明天再來陪我，好不好？一定要來喔。好不好？好不好？」

「謝謝妳，陪永恆，又把家裡整理得這麼乾淨，還下廚呢。我該怎麼pay妳呢？」段宇淳說的很真心。

米羅並不回答，走到水族箱前方，她說：

「你把過濾器插頭踢掉了，這樣缸裡會很髒的。等到髒掉了再洗魚缸，就很痛苦了。」

「誰有耐心去洗它，丟掉就行了。」段宇淳回答，並不經心的。

米羅注視著魚缸，永恆注視著米羅，都沉默著。

時間好像忽然停住了，連空氣也不流動。

「呃，請等一下……」宇淳想進房裡去拿點禮物送給米羅。

米羅脫下她一直罩在外面的深綠色圍裙，將圍裙交給宇淳。他看見除去圍裙的她，一件連身紅色衣裙，細細的腰肢，隆起的胸線與臀部。她等不到他伸手去接，於是，轉過頭望向他。

那是一雙，溼漉漉的眼睛。

他在房裡兜兜轉轉半天，找出一只香水，是平常拿來討好那些女人的。他再度回到客廳的時候，只有永恆小小的身影，佇立在魚缸前。

「米羅呢？」

「走啦？她走了嗎？」

「怎麼這麼不聲不響的？飛走啦？真奇怪。」

「她明天還會來嗎？你希望她來嗎？」

又是單口相聲，他並不覺得意外，永恆進入了自己的世界，那是他無法進入，不能溝通的世界。

他只好面對著魚缸，又是那隻紅色的大螺，緩緩從水草後面爬出來。

「哈！好大一顆田螺啊。」他沒話找話說。

「蘋果螺。」永恆忽然開口，嚇了他一跳：「這是蘋果螺，才不是田螺。」

一邊說著，永恆踮起腳尖關掉魚缸的燈。

不知道是不是錯覺，永恆轉身回房去的時候，段宇淳覺得兒子瞄了他一眼，那眼光裡閃著憎惡。

清潔是一種志願

當米羅出現的時候，永恆就變成個快樂的小男孩，米羅離開，永恆好像被拔去了電池。

「為什麼叫他永恆呢？」米羅問過段宇淳。

「永恆啊？」段宇淳笑得抖起肩來：「這根本是一個諷刺。那時候，他媽媽覺得是愛我的，而且還愛得天長地久，所以，就把這個孩子取名叫作永恆啊。」

「我曾經以為我愛你。可是，段宇淳，我們兩個人怎麼配談愛啊？」蜜青這樣對他說，用一種偶像劇的口氣：「我們只愛自己，誰都不愛。我們只想得到愛，根本就不想付出愛。」

他簡直被一連串的「愛」搞昏頭了，他鬥不過她的伶牙俐齒，他對她喊著，閉嘴，妳給老子閉嘴！

「你真的以為我愛你嗎？我只是想要改變生活，不想讓家人管著我，處處限制我。我知道只有你會帶我脫離苦海，我們門當戶對啊，不是嗎？可是，我嫁給你一點也不快樂，我像個公主一樣，被你囚禁在高樓上。」

「請注意。這房子是妳選的。」他只能這麼軟弱的反擊。

「我後悔了！ＯＫ？我後悔得要死。我才二十三歲，我不想當孩子的媽，我不想當你老婆——」

啪！他惡狠狠的掌摑她。那是他第一次動手，那一年，永恆三歲。

「妳結婚了嗎？」他問米羅。

米羅搖搖頭。

「妳談過戀愛吧？」他自顧自的笑著：「戀愛的時候，還以為永恆就在我們手上。可是，感情變得太快，完全不要相信它。它根本不可靠，全是謊言。」

米羅側著頭看他，用一種奇異的眼光。

「永恆就在你身邊啊，他是你兒子。」

「有時候我起床前，會想，也許一切都是夢，我只是個單身漢，沒有結過婚，也沒有兒子。」他不知道自己為什麼要對米羅傾訴自己的心情。

可能因為，這心情從來找不到人訴說吧。

「永恆以前……不是這樣的吧？」

「都是他媽害的，他媽丟下他，他就變成這樣了。」他憤憤然的，不斷對自己催眠，一切都怪蜜青。

「他媽丟下他，可他還有爸爸，不是嗎？」米羅說著，起身圍上圍裙，進廚房去打掃了。

他看著她的背影，圍裙底下露出的紅裙搖曳，還是讓他心旌動搖，他總不能忘記飛機上的奇豔際遇。自從那一次之後，他不再想碰別的女人，是一種清心寡欲的狀況。Tiffany 已經結婚了，也在車子裡對著他哭過好幾次，說每回與先生做愛，滿腦子想的都是他，她說自己完全沒辦法控制渴望，又說她好愧疚，自己為什麼變成這樣一個蕩婦了？

若是以前，這樣的告白，就足以挑逗起他無限狂情，現在，他聽著，想的卻是魚缸裡游來游去的孔雀魚，游過來游過去，波瀾不興。啪。永恆每晚睡前都關上魚缸的燈，說是這樣水草才不會生長得太快。他腦子裡的燈也熄了，欲望一點也不生長。

Tiffany 哭得厲害，他卻看見前方一塊汙漬，可能是蛾撞擊在擋風玻璃上，留下的痕跡，以前他不會在意這種事的，自從米羅把到處打掃得一塵不染，他也開始講究衛生了。

米羅真是個奇怪的女人，她如果不是在跟永恆講故事，就是在做飯，或者在打掃。當她出力勞動，髮絲黏在臉上，雙眼煥發著光彩，臉蛋就像是紅蘋果一樣。

「妳知道，現在的女人都不喜歡打掃了。」他有一次遞一瓶礦泉水給她的時候說。

他發現她需要喝大量的水，也發現自己留在家裡的日子愈來愈多。

「是嗎？我不太瞭解女人。」

他自嘲的笑笑，覺得她是在嘲諷他閱「女人」多矣。

「為什麼妳這麼愛打掃？」

「這就是我的使命啊。」

「妳的使命？」他差點笑出來：「就像是從小的志願嗎？」

「嗯，可以這麼說。」

「大家好。我是米羅。我的志願是當一個清潔工。」他模仿著小女孩的腔調，說完之後，忽然覺得慚忑：「抱歉。開玩笑的……」

「不好笑！」永恆不知道從哪裡跑出來的，大聲對他咆哮：「一點也不好笑！」

場面忽然變得很尷尬。

「沒關係的……」米羅試圖安慰永恆和宇淳。

「我討厭你！」永恆卻停不住的激動著，並且忿怒：「你要把她趕走啊！你把媽咪趕走，你還要把她趕走。我討厭你！」

「你胡說什麼？」宇淳一腔火氣燒起來：「你為什麼對我大吼？從來不跟我好好講話，不是不理我，就是尖叫。你搞清楚，我是你老爸！」

「我要媽咪！」永恆哭起來。

「你媽偷人！她跟野男人跑啦，她根本不要你，如果我也不要你，你早就餓死了。你撒什麼野？你跟我撒什麼野？我根本不想當你爸爸！」

滴滴答答，時鐘慢慢走著，宇淳發現客廳裡只有他一個人。

沒有其他人。好空。好安靜。

沒有永恆。也沒有米羅。

他懷疑自己在做夢，這個家變得好陌生，他覺得自己被世界遺棄了。

不能結痂的傷口

段宇淳認定了自己不可能成為一個好父親，可是，他沒想過兒子會從他眼前消失，這一次的離奇失蹤，確實讓他很震撼。

那一天，他開著車四處去找，還打電話給保母公司，保母公司的回答是：

「我們沒有派保母去您府上，您不是已經找到人了嗎？」

原來，米羅並不是那個保母公司的人，那麼，她是從哪裡來的？難道，她是綁架集團的？他很快就要接到勒贖電話了嗎？就像電影演的那樣，很多警探帶著精密儀器去到他家。八卦記者擠爆在他家樓下，人們會發現他的事業已經跌到谷底，非但不能把家族企業發揚光大，反而敗在他手裡。人們還會發現，他的婚姻破滅，是因為他的妻子偷人，可是，他和那麼多女人上床，又該怎麼說呢？他和蜜青根本就是半斤八兩的人。他也不是個好父親，他連永恆失蹤的時候穿的衣服都無法準確描述，他有沒有穿拖鞋呢？

他是個失敗的男人。他的姊姊宇清肯定也不會為他說一句好話，她會一把鼻涕一把眼淚的說：「我這個弟弟不成熟啊，一輩子都長不大，我們本來以為他結了婚會好一點，當了爸爸會好一點，想不到……」

我討厭你。

永恆對他吼。他嘆一口氣，我也討厭自己。

直到晚上，他回家，發現米羅和永恆已經回來了，米羅在房裡哄永恆睡覺。

他安靜的坐在客廳，等待米羅出來。

「妳怎麼回事？為什麼忽然不見了？」他刻意把聲音壓低，可是，不悅的情緒必須傳遞出去，他可是永恆的父親。米羅不過是個來路不明的外人。

「當你憤怒的時候，就看不見面前的人了。這很正常。」米羅淡淡的說。

「妳到底從哪裡來的？妳是偷渡客嗎？我打過電話去公司了，他們不知道妳這個人。」

「他們當然不知道，是小恆找我來陪他的。我是為他來的。」

段宇淳釐不清這團混亂，他也不想釐清，只要能解決他的問題就好。永恆喜歡米羅，就夠了。

「好了。我們都累了。妳回去吧。」他不耐的擺擺手。

「我想跟你談談。」米羅並沒有離開的意思。

「什麼事啊？」

「我希望你以後不要再說這樣的話了，真的很傷小恆的心，他很愛你，你是他唯一的親人，他不想失去你。你也不想失去他吧？」

「我被他惹毛了。平常，我不會跟他計較的……」

「你太忽略他了。他很想引起你的注意。」

「我不知道怎麼跟小孩子相處……」

「那不是別的小孩，是你兒子。小孩子不會平白無故來到這個世界，是因為有人呼喚他，想要他，他才會誕生。」米羅說。

「拜託。」宇淳從齒縫裡笑出來：「我們都是成年人了，應該知道小孩是從保險套的破洞跑出來的吧。」說完，他有吐了一口怨氣的爽快。

「這不是你的真心話。」米羅的聲音有些低黯：「不是吧？」

他自己也覺得過分了點，米羅並不是他的情婦或性伴侶，他犯不著跟她說這些。

「我嘴巴賤。妳別理我。」

米羅在夏天跟他提到，該送永恆去念幼稚園的事：

「為了小恆念小學做準備，該先讓他適應學校生活啊。」

「他沒辦法適應。我試過了。」

「我跟他說好了。他答應我，要去上學。」

「真的？」他轉身看著永恆，擰起眉毛問他：「真的嗎？」

永恆抬頭望著他，定定的，看了五秒鐘，然後點點頭。那一刻，他的心中湧起一陣暖意，有個衝動，想要抱抱這個孩子，可是，他近來工作壓力太大，渾身緊繃，好像連腰也彎不下來，他哼了一聲，算是回應，便離開了。

永恆頭一天上幼稚園，他本來想送他去的，可是，他實在太累了，昏睡著，不能起身。米羅在門外叫了他幾聲，似乎也放棄了。他在半夢半醒之間，好像聽見永恆細小的話語，宛如耳語一般。

「根本也沒有用，我不想去學校。我想跟妳走……」

「妳帶我走嘛，為什麼……那，還要等多久啊？可是，我真的想跟妳走嘛……」

他翻個身，把頭埋進軟軟的羽毛枕裡，沉沉睡去了。

看見永恆穿著幼稚園圍兜，他忽然覺得永恆長大了。有一次，他正好開車經過幼稚園前方，看見永恆跟其他的小朋友排著隊準備上娃娃車。他有那麼一秒鐘閃過一個念頭，停下車來送他回家，可是，他並沒有停車。真麻煩。反正有車子送他，有米羅在家等他，何必多事呢？他已經付了學費，付了車費，付了米羅薪水了。

從後照鏡裡，他看見永恆呆呆的臉，木然的表情，他並不喜歡上學啊。那麼，他是為了什麼要來上學的呢？難道，真的像米羅說的，永恆是為了討他歡心？他的心裡閃過一絲惻然。

這一絲惆然，很快就消逝了，他需要心煩的事太多了。如果這三個月公司沒有起色，就要遭到被併購的命運了。

那天，熬夜熬到很晚，他靠喝咖啡提神，到後來開始心悸了。Tiffany 一直跟在身邊，四下無人的時候，她為他按摩，一雙靈活的手在他背脊上遊走，再從後面環抱到前胸，這意圖很明顯，他全然能夠領會。他也覺得自己應該放鬆一下，不管是身體還是心靈，都需要安慰，而這個女人已經準備好了，也等待了好久。

他的手移到她穿著網襪的大腿，粗暴的扯出一個大洞，再用力一扯，光滑的大腿完全裸露出來，因為敏感而突起的細小顆粒也能看見。可是，他的手指往上攀爬，卻忽然有一種枯荒的感覺兜頭罩下，讓他對一切索然無味。

他推開了Tiffany，任憑她嚶嚶的哭泣起來。

回到家，他進入廚房，看見冰箱光亮如鏡的壁板上，貼著一張邀請卡，是幼稚園家長會的邀請函，旁邊空白的地方，是永恆用彩色筆寫下的注音：「希望爸爸來參加」。還畫了一隻鳥和一條魚。他斜著頭看了看，打開冰箱取出一

罐啤酒。

「你會去吧？」背後傳出的聲音，嚇了他一跳。

是米羅。

「妳還在啊？」他懶懶的。

「小恆很希望你能去，小朋友的家長都會去的。」

「大家都去啊？那很好哇，不缺我一個。」他用力拉開拉環，一股白氣湧出來，可惜沒有仙人從白氣裡出現。

「他只有你這個父親了……」

「夠了！」他伸出一隻手指，止住米羅：「不要再跟我說教了，我知道我是誰，也知道他是誰，不必再提醒我了。」

米羅嘆一口氣，在沙發上坐下。

段宇淳也坐下，各在沙發的一角。他猛灌啤酒，不明白米羅為什麼還不走？可是，他心底深處好像也希望能有個人作伴。

「你真的沒準備好要做父親啊。」米羅喟嘆的。

「妳呢？還沒結婚，卻很像一個媽了。」

「是啊。我好愛小孩。我跟小恆很有緣。」

「不如，妳嫁給我，我把小恆送妳，當個現成的媽。」他忽然脫口而出，不知道為什麼說了這樣的話。

又是一陣沉默。

段宇淳喝乾啤酒，用力一壓，喀啦一聲。他站起身：「妳走吧。很晚了，我要休息了。」

「可不可以答應我，不要再傷害這個孩子了！」米羅在他身後說。

「妳覺得我虐待他嗎？妳以為他變成這樣，是因為我嗎？妳搞錯了，都是因為他媽……」

「你看見他手臂上的傷嗎？」

段宇淳不說話。他知道永恆手臂上有一個傷口，那是當初驗ＤＮＡ的時候，抽血留下的。驗ＤＮＡ有很多方法，不是一定要抽血，可是，他找了個小診所，堅持要抽血來驗，才能清清楚楚。他的潛意識是要傷害永恆嗎？

永恆當時哭得好慘，不要打針，我不要打針。他求告著，掙扎著，搞得宇淳很火，出言恐嚇：「你不打針就不是我兒子！誰知道你是哪裡來的野種？」

永恆憋著氣，讓醫生抽了血，可是，他血管太細，醫生又有老花眼，硬是在那截手臂上穿穿刺刺三、四次才成功。

抽過血的永恆不太說話了，而他手臂上的針孔不知道為什麼遲遲沒收口。

「他故意把傷口弄破，故意讓傷口流血，你知道嗎？」

「為什麼？」他的心遭了一鞭子，熱辣辣的：「他為什麼這樣做？」

「你說呢？」米羅靠近他：「你覺得自己受了傷，你就去傷害兒子。他沒有別人可以傷害，只好不停的傷害自己……」

「我不是……」那麼突然的，他哭出來，我不是故意的，真的不是故意的。

他哭得像個孩子，怎麼竟然就這樣哭起來了？幾乎想不起來，上一次是什麼時候哭的？可能是母親過世那年，他十六歲的時候吧。後來，他總是令別人哭。他令蜜青哭，令永恆哭，令身邊那些女人哭。

他哭得那麼絕望，他是個無一切信仰的人，不信仰愛，不信仰美好，不信仰永恆，連性也不信仰。他的生命也是個傷口，永不結痂的傷口。

融化的鮮紅玻璃

當段宇淳放聲痛哭的時候，他彷彿置身在荒原中。迷失方向，連自己也失去了。米羅的手臂撫著他的背，輕輕的上下移動著，她說：

「我知道，我知道你不是故意的。你只是不適合當爸爸……」

「我這個人沒救了。對不對？我沒救了——」

米羅靠得更近，在他耳邊，輕輕吹著氣，輕輕的說：

噓……

他渾身顫慄，頭暈目眩。

這個聲音，這是他永遠不能忘記的聲音，不僅是記憶，連身體也不能忘。每一根神經都渴望，這一聲「噓」，重新回來。

他發現自己跌在席夢思床上，米羅正貼著他的身子，親吻他。這真是一種

不可思議的感官，她的身體那樣柔軟，像是液體一樣融化在他火熱的軀幹上。他經歷的不是性愛的過程，而是被吞咽、被裹纏，又被釋放。米羅變得無限大，充塞他的身體，充塞整個房間，連天花板上也看見她的肢體，她發出的聲響，是濃度極高的愛液的流動。

她帶給他的是什麼啊？不要說是家長會，就算是雙龍會他也願意去。

他有一段短短的休克感受，那是在攀登一次險絕的高峰後，一種幾近死亡的狀態。他的眼睛是睜開的，有些影像進入他的眼球，卻是要在後來才能想起，並且辨識的。

米羅全裸的站在床邊，她扔在地上的衣裙，像高溫融化的紅色玻璃一樣，緩緩爬上她的身體，將她捲起來，成一個圓形的殼。

成為一顆巨大的，蘋果螺。

他昏睡很久。起床時發現手機留言已經快要爆了。他簡直不是睡了，而是死了。

他像是著了魔似的，不斷在電腦裡敲入「蘋果螺」三個字。

飛機上的紅裙女，來源可疑的米羅，魚缸裡最美麗幻奇的紅螺。

蘋果螺是雌雄同體，異體受精的。蘋果螺是少數沒有螺蓋的螺，所以，對水質很要求，要看水質好不好，就看蘋果螺，牠可說是水質檢測器。此螺主要食用死去或是腐敗的東西，所以又被稱為水族箱裡的清道夫。

他從房裡走出來，家中非常安靜，連魚缸中打氣泡的咕嚕聲都靜止。

原本明亮的客廳昏昏暗暗，他以為是因為沒開燈，可是，開了燈依然如此。雜誌報紙散落一地，吃完的餐具隨意擺在桌上，蟑螂在殘餘的食物上大快朵頤。

那只魚缸，混濁的透不進光。殘缺的魚屍漂浮在水面，令人作嘔。

這是一間荒廢的屋子，沒有人清理。可是，怎麼會呢？那個以打掃為使命的米羅呢？她到哪裡去了？永恆呢？他又到哪裡去了？

這不是一個家，只是個廢墟，沒有愛；沒有關懷；什麼也沒有。

一陣冷冽的風不知從哪裡吹來，鑽進他的領口和衣袖。

他狂奔到兒子房裡，小小的枕被整齊的放在床頭，許多稚氣的蠟筆畫貼在牆上，有些還寫上了注音。像是一家三口手牽著手的圖上寫著「甜蜜的家庭」；有一張是男人的背影，提一個黑色公事包，上面寫著「爸爸出門了」；還有一張圖上畫了一顆大螺，螺裡面伸出一隻手，牽住小男孩的手，男孩的嘴勾出半圓形的笑容，寫著「快樂的明天」。

永恆小小的外套還搭在椅背上，這是他刻意模仿父親的習慣。段宇淳總是把外套搭在椅背上，後來他發現永恆也這麼做。他的手握住那件外套，心被撕成兩半。永恆。永恆。

「永恆——」他大喊，空盪盪的房子沒有回應。

他告訴自己，不要急，不要驚惶，憤怒會讓他看不見面前的人。他們沒有離開，米羅只是想給他一點教訓，他們最終還是會回來。

他們會回來。一定會回來……

宇清從大陸回來，報了警。她的說法是，那天和宇淳通過電話，告訴他鐘點保母沒辦法照顧永恆之後，宇淳就不再與她聯絡了。她打了好幾天的電話，都沒有人接，於是，就趕著回來了。沒想到永恆失蹤了，做爸爸的竟然沒去報警，只是守著那只魚缸，像掉了魂似的。

警察確實調查一陣子，五歲小男孩失蹤了，在父親出差返家之前就已經失蹤了。監視器拍出他小小的身影，走出大門去，再沒有回來。受到兒子失蹤的刺激太深，那個父親精神失常了。所以，幻想出許多情節，說是他的兒子被一個女人拐跑了，又說那個女人不是人，其實是一隻蘋果螺。

宇清把宇淳送到精神科醫生那裡去治療，因為宇淳總吵著跟她要一顆蘋果螺。她說她幫弟弟架缸的時候，確實有放幾顆蘋果螺進去，卻沒有那麼大顆的。並且，蘋果螺會變成女人，幫忙理家煮飯，還能與男人造愛，這太荒謬了。她哭哭啼啼的請求醫生要治好宇淳，她是這麼說的：

「我弟弟一輩子也長不大，他不想接這個企業，非接不可。他不想當爸爸，非當不可，說起來也可憐。我只希望他能夠好起來，過自己想過的生活。」

宇淳本來就什麼也不信，這下連自己也不能信了。照大家的說法，在他搭

飛機的那個時刻，小小的永恆就已經離開家了。根本沒有米羅，沒有後來的事，連幼稚園都表示沒見過永恆。所以，發現永恆失蹤之後，他就進入房裡開始昏睡，睡了幾天幾夜，這一切只是他的想像或幻夢。

他從來沒珍惜過永恆。現在，他永遠失去他了。

他在醫院裡住了一年，醫生宣布他已經康復了。

他失去了事業，賣掉頂樓的豪宅，租了一間小公寓住，在姊夫的介紹下，開始學著跑業務。

每天他八點出門，要忙到九點、十點才能回家，他唯一的嗜好，就是養蘋果螺。他試著養出大顆的蘋果螺，從沒有成功，最大的只能長到指甲的尺寸，便死去了。他觀察那些糾纏在一起的蘋果螺，牠們時時刻刻都在交歡，都在造愛，他在牠們交合的時刻，便彷彿回到那張席夢思床上。

他沒有朋友。宇清時時對他說：「振作點。你還年輕，一切都可以重新開始的。」

蘋果螺就是他的朋友。只是，牠們繁殖太快，他有時揀選出一些，浸泡在濃度很高的鹽水裡，看著牠們軟軟的肉身融解化掉，只遺美麗的殼，依然鮮紅，薄脆精巧，像玻璃製品。他把它們貯存在一只胖大的玻璃瓶裡，當成收藏。

上下班的時候，他和許多人擠在捷運列車中，常覺得自己也像是置身在魚缸裡，觀看著人，也被觀看。

那一天，捷運的人很多，停靠在善導寺站之後，嗶嗶嗶，車門關上，列車緩緩開動。他面無表情的看著月台上稀稀疏疏的人，忽然，一個女人牽著一個小孩，從他面前掠過，女人的紅色衣裙特別醒目，小男孩穿著幼稚園圍兜，他們站在月台上，注視著他，臉上都帶著微笑的表情。

他撞開面前的人，撲到車門上，大聲喊著：「永恆！永恆——」他用力砸著玻璃門：「停車！停車！我要下車——我要下——車——」那號叫聲如此痛楚，身邊的人都躲開了，驚惶戒備的看著他。

有人拉了緊急鈴，列車果然緩緩的停下來了。可是，段宇淳並沒有下車，他挨著車門滑坐下來。

已經三年了，永恆不可能還是五歲。他們只是來向他告別的。他不是承諾過米羅嗎？他說：「妳嫁給我，我把小恆送妳，當個現成的媽。」

他的頭垂下來，貼著胸部，沉痛的哀哭。

這一次，不是自憐，不是發洩，而是愧悔，那徹底遺失的，愛與永恆。

晉安帝時，侯官人謝端，少喪父母，無有親屬，為鄰人所養。至年十七、八，恭謹自守，不履非法。始出居，未有妻，鄰人共愍念之，規為娶婦，未得。端夜臥早起，躬耕力作，不舍晝夜。後於邑下得一大螺，如三升壺。以為異物，取以歸，貯甕中。畜之十數日，端每早至野還，見其戶中有飯飲湯火，如有人為者。端謂鄰人為之惠也。數日如此，便往謝鄰人。鄰人曰：「吾初不為是，何見謝也？」端又以鄰人不喻其意。然數爾如此，後更實問鄰人，笑曰：「卿已自取婦，密著室中炊爨，而言吾為之炊耶？」端默然心疑，不知其故。後以雞鳴出去，平早潛歸，於籬外竊窺其家中，見一少女從甕中出，至灶下燃火。端便入門，徑至甕所視螺，但見殼。乃到灶下問之曰：「新婦從何所來，而相為炊？」女大惶惑，欲還甕中，不能得去，答曰：「我天漢中白水素女也。天帝哀卿少孤，恭慎自守，故使我權為守舍炊烹，十年之中，使卿居富得婦，自當還去。而卿無故竊相窺掩，吾形已見，不宜復留，當相委去。雖然，爾後自當少差。勤於田作，漁采治生。留此殼去，以貯米穀，常不可乏。」端請留，終不肯。時天忽風雨，翕然而去。端為立神座，時節祭祀，居常饒足，不致大

富耳。於是鄉人以女妻之。後仕至令長云。今道中素女祠是也。

——晉・陶淵明《搜神後記》

◆◆妖物答客問◆◆

問（Danny Lin）：

「他的眼睛是睜開的，有些影像進入他的眼球，卻是要在後來才能想起，並且辨識的。米羅全裸的站在床邊，她扔在地上的衣裙，像高溫融化的紅色玻璃一樣，緩緩爬上她的身體，將她捲起來，成一個圓形的殼。成爲一顆巨大的，蘋果螺。」

當中的蘋果螺繁殖能力、清藻能力都很強大，她是來成就升級米羅的？抑或是來終結米羅？

答（曼娟）：

那一年，同事送了我一顆蘋果螺，開啟了我書寫現代「白水素女」的念頭。因此，米羅其實就是蘋果螺，原先是小男孩永恆的陪伴，而後幻化為女體，意圖修復段宇淳與永恆的父子關係，可惜，她沒能成功。宇淳是個涼薄之人，在各種關係中，他唯一在乎的只有自己。卸責、諉過、逃避……一再使永恆失望，就像是個巨嬰。

他將兒子取名永恆，簡直是個嘲諷，他只活在過去，沒有現在，更沒有未來，哪來的永恆？於是，最終，永恆離開了他。

這是一個悲傷的故事，因為我知道世上有許多永恆，在被成年人破壞的世界裡，輾轉哭泣，最終遺失了自己。

卷三 後來，花都開了

坐起身，他望著窗外的古樹，
光滑的花架被月光映照成銀白色，
夜露的顆粒像水鑽一樣亮著。
宛如激情之後，初初平息的女體。

——花仙

當人們都從城裡逃走之後，

搬進來的是什麼呢？

這年輕的巡警近來睡不著的時候，常常想著這個問題。他生活了二、三十年的繁華熱鬧的城，忽然變為一座空城。幾乎是在一夜之間，人們都搬走了。

瘟疫來臨，危城將傾。

他記得最後一天讀到的報紙頭條，就是這樣的標題。

局裡抽籤，決定每個人的去留，他打開籤團，嘴角不自覺的抽搐，他是必須留守的人員，十分之一的機率，他這一輩子從沒有這麼好的手氣。

天上的飛鳥，原本是他最喜愛的動物，他現在卻見到翅膀就開槍，把那些禽鳥當成電玩上的靶子，砰砰砰！砰砰！

屠殺鳥類，已經持續了一陣子，卻仍不能抑制疫情。比槍擊要犯、恐怖分子、搶匪和綁匪更該死的，格殺勿論的，就是這些飛翔的鳥類。是牠們傳布了病菌。

入冬以來，直到開春四月，天空都是灰撲撲的，人們在灰色的天空下迅速死亡。

留下來已經第三天了，他吃不下也睡不著，心中篤定的知覺著，自己注定要在這城裡犧牲。

有一次，開車經過寥落的鴿子廣場，原本聚集著許多可愛的飛鳥，如今，水泥地泛著冰冷的慘白色。身邊的學長忽然說：「看見沒？等到將來，瘟疫過去，這裡會有一個紀念碑，我們的名字都刻在上面。」

「是喔？幹嘛刻我們的名字？」

他的學長不可置信的看著他，掏出酒罐來喝了一口：

「因為我們死啦！笨蛋！」

犧牲，是不可避免的了。

長官還給他們精神喊話：「這是我們的榮譽！一個偉大的時代，就是要有人付出，要有人犧牲——」

這是一個偉大的時代嗎？一個偉大的人都沒有的時代，能稱為一個偉大的時代嗎？值得我犧牲嗎？

年輕巡警的對講機響起，叫他迅速前往鴿子廣場，說是那裡有個形跡可疑的人徘徊不去，已經吸引了不少鴿子，屬於高度危險狀況，他必須前往排除。

巡警一下車，就看見那個穿著風衣的壯碩的背影，正坐在廣場的椅子上，看起來是個男性。似乎是在餵食著鴿子，數以百計的鴿子圍繞著他。這景象，看在巡警眼裡，簡直是恐怖極了。他雖然已經穿好防護面罩，仍下意識的停止呼吸。

「先生。」他打開面罩上的小麥克風：「這位先生！請你馬上離開，你在幹什麼？你這樣是犯法的！妨害市民人身安全！趕快離開！聽見沒有？我叫你馬上離開——」

這個男人起碼有他兩倍寬大，在椅子上晃了晃，並沒有起身或離開的樣子。巡警戒慎恐懼的靠近，以他的經驗，這個人八成是精神有點狀況。他的手

按在腰間的槍套上，一步步走過去。男人似乎是在躲避著他，把頭轉到另一邊。巡警隱隱覺著不對勁，一股強大的壓迫感襲擊而來，發自這個男人的身體，這異常龐大臃腫的身體。

巡警感到內在想要逃走，卻不容許自己軟弱，如果廣場上將鐫刻他的名字，如果這城市的人將要紀念他……

「啊——」他淒厲的喊聲，使得群鴿振翅飛起，受驚散逸。

這不是一張人類的面孔啊！男人扭曲變形的臉上，一邊垂掛著肉瘤，紫青色的大肉球晃動著，另一邊面頰腫起，連眼睛也被擠壓消失了。

那簡直是一張象臉啊。那人也被驚嚇了，他站起來往前走，襟裡的鳥飼料噴灑一地，金黃色的穀物。

「站住！不准動！」

巡警的槍已經掏了出來，指著蹣跚肥厚的身軀，不能遏止的顫抖：

「你得了什麼怪病？你，你到底……是不是人啊？」

那人停住，似乎像是嘆了一口氣，搖搖頭，繼續他的步伐。

「我叫你站住！否則我要開槍了！」

那個背影竟是如此執意，巡警的血氣湧上來，這個怪物，這個可怕又可惡的怪物，絕不能讓他離開——

他開了槍。像是格鬯一隻鳥雀那樣的。

砰！

那個龐然大物倒下去，咕嚕咕嚕，許多鴿子飛回來，繞在他身邊，雪白的羽翅，將地上浸染開來的鮮血，襯得更豔紅。

巡警喘息得很厲害，他靠近，聽見那變形的怪物，喃喃的說話：

「花，要開了。花……要，開，了。」

爲什麼他們都不跟我玩？

因爲你跟別人不一樣。他們不瞭解你。

偉傑倒下來的時候，有種終於解脫了的鬆弛感。

向來沉重的身軀變得好輕盈，就像又回到了童年時，還沒有發病的那個時候。他有個好名字，偉傑。是祖父為他取的。

還沒生病的時候，他是個聰明清秀的小男孩，誰見了都喜歡。他搶走了大家對姊姊的寵愛，也奪走了眾人對弟弟的注意。

直到那一年夏天，他和爺爺去城外的古園子裡過暑假。那座古園子到底有多古，誰也說不準。爺爺負責看守，從年輕的時候開始，他滋養了許多奇花異卉，這座園子有點像是他的實驗場。而在更深的園子裡，平常不許孩子們進去的地方，偉傑知道，那裡有棵好大的樹，他聽大人偶爾提起過，說是千年紫藤。

住在爺爺那裡，有一天午覺醒來，滿身都是汗，他赤著腳，滿園找爺爺，就這樣帶著幾分懵，撞進了最深的園子裡。

陰涼。是最先擁有的感覺。

這分明是一棵已經枯槁的樹，卻是如此巨大，盤桓著遮蔽了天，許多木架子把樹撐起來。只有幾片綠葉，宣告著它還有生命。他忽然覺得害怕，這樹似乎是會移動的，他跑來跑去，為什麼跑不出樹的籠罩？

然後，他看見一個女孩子，倚著架子，蹲坐在地上。

他走過去，問她：「妳是誰？我沒見過妳。」

「你在做夢哪。」女孩子說，她身上有好聞的清香。

原來是在做夢啊。他放了心，在女孩身旁坐下。

「妳在我夢裡做什麼？」他問。

「我有事要請你幫忙啊。」

「什麼事？」

「你看這棵紫藤，已經有一千歲了。它快死啦！」

「怎麼會呢？我爺爺一直照顧它。」

「你爺爺沒專心，沒專心是不成的，它就要死了。得有人專心的照顧它，只照顧它，它才能活，它還能開花呢。」

「開花？它不能吧……」

「當然可以。它一開花，整個城都好了。」

「妳說什麼？我聽不懂。」

「夢裡的話，當然都是聽不懂的啊。」女孩提醒他。
「你願意嗎？」
「什麼事？」
「照顧它，讓它開花。」
「我不知道，得問我爺爺。」
「你知道它開花的樣子有多美嗎？」
女孩伸手蓋住他的眼睛。偉傑感覺到地下似乎有了動靜，泥土好像都鬆動起來，有什麼力量從根部往上衝，嘩嘩嘩，許多細微的聲響聚在一起，就成了轟然。他睜開眼睛，看見這古老的如同化石的樹，垂掛著滿樹紫色的花串。這是他從未經驗過的美麗，使他渾身顫慄。
「你願意照顧它，讓它開花嗎？」女孩問。
偉傑被催眠似的點頭，再點頭。
腳下忽然一空，他栽進深深的洞穴裡。
病，從那天開始的。爺爺說找不到午睡的他，卻是在古樹下找到的，他睡在泥地上，淋了一陣雨。先是發燒，嘔吐，接著開始長出腫瘤來，整張臉都變形了。他沒辦法去學校，甚至不能住在家裡。父母親將他送到爺爺的古園來，他那時候一直昏昏欲睡，還不太懂得悲傷，等他昏睡了將近一年，再醒來的時候，已經成了人類社會裡的怪物。

看見他的人，都免不了要尖叫，逃跑，歇斯底里。

爺爺砸碎了所有的鏡子，他看不見自己的樣貌有多恐怖，但是，從爺爺把他藏在古園深處，交代他不要隨便走動，他就明白了。他撫觸自己臉孔，也因那些贅瘤而縮手。

然而，有時候他會感覺自己的腫脹已經消退了，他樂觀的換上體面的衣服，走到爺爺的溫室裡，那裡有些顧客，帶著孩子來賞花。一個小女孩，原本正彎著腰把一株紫色芙蓉花採下來，忽然看見了他，整個人像被急速冷凍似的僵住了。

「妳不可以採這個花喔。」偉傑微笑著對她說。

啊——女孩子恐怖的尖叫聲令人暈眩。

「妖怪！妖怪——」不管是大人還是孩子，都掩面狂奔。

偉傑知道自己闖了禍，他逃回古園深處。等候著他的，是千年古藤，俯著身子，枝幹低垂著，像是要擁他入懷。他的雙手攀在枝幹上，那枝幹彷彿握住他的手似的，他騰身坐上樹枝。一陣冷一陣熱，發著抖。

爺爺找到了這裡來，卻沒看見偉傑。

「小傑！」爺爺呼喚著他：「別怕啊。沒事了，沒事的……」

「爺爺。」偉傑雙腿垂下來，他低聲說：「對不起。我以後不會了。」再也不會給爺爺惹麻煩了；再也不會幻想自己是個正常人了；再也不會了。只有在這裡是安全的，只有這棵紫藤木，完全接納了他。

再沒有別的事了，除了照顧這棵樹。

你知道，它還活著，還能再開花。

偉傑後來習慣性的在樹上做很多事，在樹上吃飯，在樹上睡覺，在樹上閱讀，他讀完了爺爺找來的《鐘樓怪人》、《美女與野獸》，但他並不相信這些童話。不可能會有人愛上他的，連他自己的親人也不愛他。

他們都知道這病症來得古怪，卻不會傳染，可是，他們仍不願接近他。父母親曾經帶著姊姊和弟弟來看他，母親一見他便潸潸淚下，無法遏止。弟弟的眼光一直迴避著他，至於美麗的姊姊雖然努力微笑著，但，他看見姊姊在憋氣，憋氣使得她的臉色蒼白。他很想念他們，想念著三姊弟在柔軟的床墊上午睡醒來，打枕頭仗的時光，陽光從窗外投射進來，他們的臉頰閃著光，都是天使的臉龐。這些影像仍那麼鮮明，可是，他現在面對著他們，像是陌生人。愛是什麼東西啊？他不相信這東西。

「爺爺。等你死去之後，我會到哪裡去呢？」他問過爺爺這個問題。

「你想去哪裡呢？」

「我想跟你死。」偉傑想了想：「等我死去之後，會恢復以前的樣子嗎？」

「你不該死的。小傑。你要好好照顧這棵樹呢，你知道，它經過這麼多年還活著，它是一棵神奇的樹，它有一天會開花。」

「是啊！」偉傑興奮起來：「我看過它開花的樣子。好多好多，不可思議，真的是美極了！太厲害了！」

「是嗎？你看過？」

「我看過，在我的夢裡，就像真的一樣。」

「那是真的，好好照顧它，你會看見的。」

他已經把照顧紫藤的工作接過來了，鬆土、施肥、澆水，可是，老樹還是以一種化石的姿態出現，不為所動。一點也沒有蓬勃的生氣，他學到了「枯木逢春」這句成語，立即到老樹下嘲弄一番：「怎麼你一點也沒有逢春的樣子啊？」

那一夜，他夢見自己在樹下又遇見了那個女孩，幾年不見，女孩已經成了少女。半裸的少女，身上披掛著花瓣，正倚著樹幹，將腿舉高，像在練舞。她柔軟的身子往後仰，柔軟得像是沒有骨頭一般，那些花瓣幾乎遮不住她圓熟的胸乳。偉傑的心卜卜的，沉重的跳動著。即使在夢裡，他也不敢靠近，他怕少女受到驚嚇。少女的腳著地，往後翻了個身，與他面對面，氣息相通，站立著，一點也沒有驚訝的樣子。

「你長大了。」她說。

「妳也是。」偉傑謹慎的說著，少女的胸還差兩公分，就要抵住他了。

「妳在做什麼？」他問。

「看你啊。」少女圓亮亮的眼珠子轉動著。

「妳不覺得……我很可怕嗎？」

「哪裡可怕？」少女忽而轉到他的身後，只引起一陣小小的微風：「你很強壯啊……」她纖細的手指攀住他的肩，慢慢往下滑，滑過他的胸膛，他渾身起一種莫名的悚慄。

「這是夢。」他喃喃的說。

「人的一生，就是做夢啊……」少女格格的笑著，忽而又轉到他面前，整個人貼在他身上，他承受不住，向後傾倒，老樹的枝幹溫柔的托住他。

「你說過要好好照顧我的……你可別忘記了。」

「我不會，忘記的。」他的話語變得粗濁，呼吸也顯得滯重了。

少女的身子往下滑，漸漸消融，成一灘潮溼的花香氣味，包裹住他，纏繞著

他，鑽進他的每一個毛細孔，那種酥醉的快意，充滿全身，他咬著牙呻吟出聲。

他醒來的時候，確切感受到潮溼。

坐起身，他望著窗外的古樹，光滑的花架被月光映照成銀白色，夜露的顆粒像水鑽一樣亮著。宛如激情之後，初初平息的女體。

那年冬天，他的生命起了變化，一位剛剛回國的醫生宣布他有最新的醫藥，可以醫治偉傑的怪病。

「你真的要去試嗎？你可能會受更多苦。」爺爺捨不得，他知道小偉傑當年治療受了很多苦。

「我要去試。」沒有什麼能阻止他，他已經十七歲了，他不甘心永遠被囚禁在這裡，一輩子見不得人。只要有一絲希望，就是他的重生機會。

住進醫院裡的那段日子，應該是偉傑懷抱最美好期望的一段日子，父母在醫院裡幫他慶生，弟弟同他許下約定，等他痊癒了，哥兒倆要一起去環遊世界。姊姊為他演奏了一首樂曲，說是為偉傑作的曲子，然後，姊姊握著他的手，說了一段很感性的話：

「小傑。不管你在哪裡，變成什麼樣子，永遠都是我的好弟弟，我永遠牽掛著你，永遠愛著你，這是絕不會改變的。」

講這話的時候，姊姊哭了，偉傑哭了，父母親也哭了，連一旁的醫護人員都掉下眼淚。

接著，一連串的治療展開了，他不斷的被切開、被縫合、許多藥液注入身體，許多體液流出來，到後來，他覺得自己的每個細胞都充滿了藥液，都是藥液衝鼻的氣味。

「很痛苦嗎？」在昏迷之中，他聽見有人這麼問。睜開眼，看見紫藤少女站在床邊，看起來很憂傷。

「妳怎麼來了？」

「你走了，沒人照顧我了。」

「有爺爺在，他會照顧妳的。」

「他不能了。」

他在清醒的時刻，看見戴著孝的弟弟走進來。

「發生什麼事？」

「爺爺心臟病，走了。」

偉傑轉過頭，陷入昏迷中，好像只有這樣，才能保護他，使他不受傷害，免於悲傷。

三個月之後，他獨自回到古園裡。

醫生宣布他已經盡了力，偉傑的病太險怪了，目前的醫學發展，還沒辦法解決這個問題。他的顏面下垂得更嚴重，一隻眼睛已經完全被腫瘤遮掩了。

他覺得自責，如果他在這裡，爺爺發病也不會死的。而他的病，就像爺爺說的一樣，並沒有一點起色，許多藥物進入身體，他變得遲緩沉重了。

老樹的綠葉已經脫落，看起來完全是一棵枯木了。

可是，偉傑知道，樹還活著，他的手按在樹幹上，還能感覺它的心跳與體溫。從今以後，他只有這棵老紫藤了。

這一次，回到古園，

他的心徹底死去了。

接下來好幾年，除了紫藤，陪伴著他的，只有一台舊電視，他把電視整天開著，嘈雜的聲音，晃動的光影，讓他覺得自己不是那麼孤單。但，他也不會真的坐下來看電視，那個世界的事距離他這麼遙遠，就像是在另一個星球上。

有一天，他竟在電視上看見了姊姊將要結婚的消息。姊姊已經是著名的鋼琴演奏家了，像個女王一樣的雍容華貴，至於她要嫁的對象是名醫汪利夫，汪醫生？偉傑沒辦法忘記，拿他當實驗品，而又抱歉的宣布實驗失敗的，就是汪醫生。這感覺很怪，他並不怨恨他，這是自己的命，怨得了誰呢？可是，他就是感覺很奇異，難道是因為他，姊姊和汪醫生才相識相戀的？

電視上不斷強調他們是郎才女貌，門當戶對。

偉傑想起，約莫是半年多以前，弟弟要出國留學去，曾經到古園來探望過他。弟弟高瘦的身形，朗俊的眉目，站在那兒，顯出一點點的侷促不安。他貪看著弟弟，如果他沒有生病，應該是這個樣子的。而他此刻背負著兩倍的重

量，巍巍站起，自己已經變成一個龐然大物，科學怪人了。

當他站起，弟弟下意識的退後了一步，彷彿是感受到極大的壓迫似的。

「我要出國去了，這一去，總得三年五年的。我會留意著國外有沒有新藥發明，或者是……可以醫治的辦法。」

兄弟倆結伴環遊世界的夢想，不可能實現了。

弟弟的手臂，結實而優美，說話的時候，雙臂拱成弧形。弟弟的腰，一絲贅肉也沒有，從胸線往下微微凹陷。弟弟的腿，雖然被隱藏在褲子裡，但，肯定也是緊實充滿力量的。

他看得怔了，想得痴了。直到弟弟喚他，把他的魂喚回來。

「那，姊姊現在怎麼樣？」他連忙找話說。

「姊啊……」弟弟擰住眉毛，好像是個很為難的問題：「她應該是想結婚吧，已經在一起好多年了，只是，還有些心結沒解開。看她自己怎麼想吧……」

那個心結，忽然清晰的浮現出來了。

原來，竟是因為他的緣故嗎？

姊姊與汪醫生已經相戀許多年，卻是因為他的緣故，遲遲不能作決定。

「我永遠牽掛著你，永遠愛著你。」姊姊說這話的神態，盈盈在眼眶中打轉的淚水，仍舊清清楚楚。他只要閉上眼，就能看見。

其實，我並不怨恨汪醫生。他喃喃的說，我希望妳可以幸福。

我真的真的希望，妳可以幸福。

為什麼不去告訴她呢？告訴她自己的祝福，告訴她自己一點也不介意，請她也一定要放下心中的重擔。這是姊姊一生最重要的日子，他要去送上祝福。

「不管你在哪裡，變成什麼樣子，永遠都是我的好弟弟，這是絕不會改變的。」

姊姊說過的話，總在他心上迴盪著，溫柔的，帶著欲泣的酸楚。

但，他是謹慎的。既然家裡沒有通知他，就是不想添麻煩，他有分寸。他不會光明正大的出現在婚宴上，引起大家的恐惶與反感，他小心的躲避著許多人，悄悄潛進新娘休息室。

他從鏡子裡看見了姊姊穿著婚紗，如同女神一般美好，聖潔的白紗包裹著她，使她的肌膚散發著大理石的光澤。她的五官姣好，經過仔細的彩妝，更是明豔不可方物。美麗得令人屏息。

好不容易屋子裡穿梭的女人都出去了，只剩姊姊一個人，她在鏡前坐下，伸手撫摸著頸上的鑽石項鍊。那樣耀眼的、銳利的光。

「姊姊。」

姊姊的動作停下來，整個人像被點了穴道似的，片刻之後，她轉過身子，看見了偉傑。偉傑看見她臉面的抽搐，是因為欣喜或是安慰呢？姊姊的手放在胸口，憋著氣，半天回不了神：

「我的天啊！你來這裡做什麼？」

「我來，我是來恭喜妳的……」

顯然姊姊完全沒聽見他說什麼，只是睜圓了眼睛，即將崩潰的指著他：

「你怎麼可以到這裡來？你快走啊！我好不容易才找到我的幸福，你是要來提醒他的嗎？讓他想起我們家有你這個怪物？」

她的美麗成了一件凶器，狠狠刺進偉傑的身體。

偉傑的頭腦一片昏亂，這是怎麼一回事？

「我是要告訴妳，我不怪汪醫生，我希望妳很幸福……」

「如果你真的希望我幸福，就拜託你快走吧，永遠不要再出現了。他一直擔心我會生下像你這樣的小孩，我等了這麼多年，他才願意娶我。你要來破壞這一切嗎？我可沒有欠你的！你走啊——求求你走啊！」

姊姊激動得大哭大叫，鼻水都流下來，她的神情看來完全瘋狂。

她說出了事實，偉傑確實是她的問題，卻完全不是他想像的那樣。他終於明白了。

他偏頭，看見鏡子裡的自己，像一座塔，整張臉垂墜著，膨脹著，呈現烏青色。他確實是醜怪的，但，這世界的醜怪豈止有他而已？

回到古園裡，他踉蹌的匍匐到了紫藤下，抱著樹幹，發出野獸的聲音，把整顆心都哭碎了。

當紫藤開花，
整座城的瘴氣都可以消除。

噓……不要哭，不要難過喔。

當他哭泣的時候，有人趴在他的背上，低聲對他說。

那是光滑柔膩的女體，永遠不會離棄他，永遠在他身邊，他唯一的安慰。

「來！跟我來。」女人牽住他的手，拉他起身，被女人牽著，他的行動不再笨重了。他也能隨著女人小跑步的跑進紫藤樹下，紫藤長滿了綠葉，在風中搖曳著。什麼時候長出葉子來的？老樹上的嫩葉綠油油的，他忍不住伸手去摸，擔心這一切只是夢。

「這是夢嗎？」樹葉粗粗的，在手中的質感很真實。

「你說呢？」

女人明明在偉傑身後，他可以感覺到潮熱的體溫，而女人忽然又在枝條上出現，斜斜躺在樹枝上，有很好的平衡：

「這樹已經有一百多年沒開過花了。你全心全意的照顧它，它現在醒過來了，它會為你開花。」

「這花開的時候，你的城便可以得救。」又一個女人，從泥地裡攀住他的腿，極其嬌媚的對他說話。

他低頭看見自己的腿，緊實勻稱，優雅的線條。這是弟弟的腿？不，這是他的腿。他伸出手臂，原來如同象腿似的，竟像神話中男神拉弓的手臂，他有了想要舉起什麼來的欲望。女人輕巧的勾住他的脖子，他便毫不費力的將女人舉起，女人的雙腿跨在他的腰上，那陣襲人的異香，像細雨點點，密密麻麻的落下來。

偉傑原本並不明白，女人說的，花開與城市得救有什麼關係？這城市又有什麼需要拯救的？

然而，冬天一到，可怕的瘟疫席捲而來。

聽說是由飛禽所引起的，患病的人幾乎無藥可救，傳染力非常強大。醫院裡的醫護人員有許多都逃走了，城裡所有的鳥禽都遭到屠殺的命運，消毒藥水的氣味變成城市裡最安全的氣味。人與人不敢交談，不敢接觸，當政府宣布健康的市民必須離開這裡，人們扶老攜幼的奔逃而去，有些人在離開前還放了火，恐怕病菌會如影隨形。

城市已經由軍警接管，確實是一座空城了。
就是這一場劫難。
「你不逃走嗎？」紫藤下的女人問他。
「逃去哪裡？等所有人都離開，我就可以像個正常人一樣，回到城裡去逛逛了。」那裡才是他的世界，是他的家。
「不用擔心，花要開了。等到花一開，整座城的瘴氣都可以消除。」
「等到花開的時候，妳還會在這裡嗎？」
「你在哪裡，我就在哪裡。我總和你在一起……」
「是妳選了我。對嗎？在我小時候，妳選了我。」他心平氣和的說。
「總得有人照顧這棵樹，你會好好照顧它的，讓它活著，讓它開花。」
偉傑沒說話，淚水安靜的滑下來，落進鬢角裡。
後來，花都開了。
這奇異的景象如同天地開闢那樣的驚人。

偉傑穿上風衣，輕輕親吻了紫藤古老的樹皮，走出了古園，他的口袋裡攢著一把穀物，準備要往城裡去。他的步伐非常堅定，沒有回頭，否則，他會看見，紫藤的枝葉奮力勃發，努力伸向他，全是不捨和挽留的手勢。

他選擇了，往鴿子廣場去，那是小時候一家人假日裡最喜歡去的地方。鴿子爭著吃他們手上的穀子，發出咕咕咕的聲音，有時候甚至撲飛到身上來。姊姊總是尖叫著，一邊大笑；弟弟躲在爸爸身後，睜著眼睛好奇的看著。他一點也不怕，有些鴿子甚至飛到他的頭頂上，他便站住，由母親為他照相。

他來到空無一人的廣場上，安靜的坐下來，取出一些穀子，不一會兒，有鴿子飛過來，盤旋著，不太放心的，試探的停下來。啄著他的手心，是了，好久沒有過的感覺回來了，與一個生命有所接觸的感覺。到這時候，他才明確的感受到，自己孤獨得太徹底了，被隔絕得太長久了。

漸漸的，他被鴿子與其他的禽鳥所包圍，牠們一點都不懼怕他，如此樂意親近，讓他像個平常人一樣。在這個被封鎖的空城裡，他終於感覺自己完整的成為一個人，而不是妖怪。

他深深呼吸，瘴氣彌漫的城裡，有種腐敗的氣味。

好時光並沒有持續太久，一個年輕警察出現了。

警察叫他離開，他只好離開，可是警察又叫他站住，不准離開。他還不想停下來，已經太久了，被拘禁驅離得太久了。他這麼想念這裡，他還要走一走。

槍響之後，他倒下來，覺得大地在震動。

天忽然開了，久違的青天露出來，陽光朗朗的照著。

他看見紫藤木從枝葉深處翻出花來，就像是臨盆的掙扎那樣，許多許多的紫色花串，一串串的翻滾出來，爭先恐後的抽長，蔓延成海。那花開得不是優雅，而是憤怒。這不是清水或淚水的滋潤而能生出，這是地心的火焰熱烈炙烤之後，迸裂出來的，天地開闢的壯闊激烈。

年輕警察驚惶未定的臉孔，湊近偉傑，他很想安慰這個年輕人，不用怕，花要開了。花，要開了……

紫藤的體味濃冽，帶著腥衝的清馨，直上雲霄，瞬間遍流整座城市。

遠方函寄一幀千年紫藤照片來，花開妖異癲狂，非比尋常。城中為禽流感疑懼所困，惴惴難安，遂得此玄想。

——二〇〇五年深秋

◆◆妖物答客問◆◆

問（承歡）：

偉傑和紫藤相依為命的感情令人動容，也因此結局更讓人不捨。紫藤是唯一接納偉傑的生物，但追本溯源，會發現似乎是因為偉傑答應要照顧紫藤，才會掉入讓他染上怪病的洞穴。老師覺得紫藤究竟是善物還是惡物呢？或是無法歸類於其中一方，而是其他更複雜的情感？

答（曼娟）：

〈後來，花都開了〉要談的其實是病。城裡的疫症是病，偉傑身上的病變也是病。到底是偉傑選擇守護紫藤，而後罹病？或是紫藤預知他會得病，所以給予了他這個使命？

這篇小說的創作有個奇特的因緣，那一年，不止一次，我在咖啡館和街頭遇見同一個長得像「象人」的男子，他龐大的體型，被纖維瘤占滿的身軀，帶來相當大的壓力，使周遭的人慌忙走避。他第一次出現在我面前，帶給我的震撼與衝擊不可言喻，不久之後，當他第二次出現，我注視著他，心裡想著，他該有多麼寂寞孤獨？

我要為你寫一個故事，我在心裡對他說。於是，我完成了這個故事，偉傑無法挽救自己的病，他卻守護著紫藤，救了整座城。在那不被理解，使人望而生畏的身體裡，也許，隱藏的是極度溫柔的一顆心啊。

卷四 雨後

那道光亮就像是一條大蟒蛇似的，
充滿力量的，激情的裹纏著她。
從那道光亮本身迸出一些細小的光亮，
如同瀑布濺出的水流，
擊打在牆壁上，簡直就像放煙火似的，
整個天台都是七彩光流噴湧。

——虹精

懸崖月台

我總覺得遲早會出事的，那個像懸崖似的月台。

從這個捷運站剛剛建好，高高架起在半空中，我仰望著站立在月台邊緣等車的人，那些男人或女人，就像是佇立在危崖上，只要有一陣大風，就能把他們吹落了。心裡便覺得不安。

其他人難道不會有這樣的感覺嗎？

在許多有地鐵或是捷運的城市裡，每天都會有人墜落鐵軌中，被車碾過。甚至在地球另一半的那座罪惡的大城，有些精神病還專門等著列車進站那一瞬，把面前的人推下月台，為的是聆聽肉體被沉重金屬撞擊的聲音。

這個世界病了。

鄰近國家有的已經把地鐵月台上全部建起安全門來，保護他們的市民。

我不明白，為什麼我們的乘客還是要站在絕壁上等車？命懸一線。

雨後的城市，變得透澈了，正好適合取景，我一路上已經看到不少可以表現這次主題的景色，一次次按下快門，攝取入鏡。

「城市裡的孤獨感」，是主編給我的題目。

「你知道的，不管有多少人在你身邊來來去去，不管這個城市有多熱鬧繁華，人們還是寂寞的，還是孤獨的。你明白我的意思嗎？」主編莎莎的臉朝我壓過來，使我有一瞬間，呼吸不大順暢。

我不知道她為什麼一直要問「你明白我的意思嗎」？她的意思並不難明白，她的香水味倒是令我不大好受。

「你總是悶不吭聲，莎莎性子急，當然要一再確認囉。」同事小琦看見我露出困惑的表情，便這樣對我說。

「是。」我點點頭，表示明白了。

原來，在他們眼中，我是個沉默的人。

但，我常常和自己交談，在每一次按下快門的時刻，都是一種對話。

我擎起相機，對準高架月台，那裡有幾個人在等車。這不是上下班的巔峰時段，這也不是轉運大站，這一站有個美麗的名字，叫作「彩虹」，靠近水岸邊，有時候會有鷗鷺飛過。

我的鏡頭被一個纖瘦的女人吸引，她戴一頂帽子，看不清容貌，穿一襲淺藍色洋裝，陽光從雲層後面薄薄的投射在她身上，像被鑲了個金邊。我會注意到她，是因為她離月台邊緣太近了，看起來有種奇異的危險感覺。她彷彿在試著什麼，測試風速，或是自己的重量。

列車隆隆駛來，每次進站都捲起一陣大風，我看見月台上的人都往後退，只有她一點也不退。列車還沒到，風已經先一步席捲而來，掀飛了她的長髮與下襬。

這女人不對勁。

我張開嘴發出驚叫聲，我看見她的帽子被吹跑，而她張開手臂，失去重力那樣的往鐵軌下墜。

我下意識的閉上雙眼，約莫只有一秒鐘，再睜眼的時候，列車進了站，緩緩停下來。

「Shit！」冷汗從脊背竄出來：「Shit！Shit！」
我就知道一定會出事的。
我衝過馬路，往捷運站跑，還沒進站，列車竟然起動，離開了。有沒有搞錯啊？不是出人命了？竟然就這樣跑掉了？趕時間也不能這麼冷血吧？
「出事啦！」我對站務員吼叫，一邊往月台上奔跑。
站務員追上我問出了什麼事？
「撞死人啦！」我的聲音沙啞，我猜想我的臉色肯定也很慘白。
「什麼？」站務員也被嚇到了：「哪裡撞死人了？」
「這裡啊。剛剛那台車，撞到人了！」我一邊說著一邊跑到月台上。
月台上幾個女學生正在談笑，一個老婦人牽著小男孩，一對小情侶卿卿我我，還有幾個中年人背著登山包，他們都用怪異的眼光打量我。
我全然不理會，沿著月台邊緣跑，一邊檢視著鐵軌。
鐵軌被車輪高速打磨，是一逕的光滑，有些積水，倒映著藍色的天空。沒有殘骸，沒有血跡，什麼都沒有。

只有我的喘息。

「你在哪裡看見有人被撞的？」站務員問我。

「我從對面的馬路看見的，我確實看見了，一個女人……」

「你會不會看錯啦？」

「我有拍到一張照片，可以給你看……」我正低下頭來檢視數位相機，忽然，我看見了。

就在對街，我剛剛仰望著捷運月台的位置，一個穿著藍色洋裝的女人，正把一頂帽子戴在頭上。

我從站務員身邊拔足狂奔，飛也似的離開捷運站。

我曾經是個田徑好手，當我聽見風聲切割過耳邊，就知道自己已經到達極限了。我大概只用了十五秒鐘，就跑到了藍衣女人的面前。

「小姐！對不起，小姐，我……妳，妳沒事吧？」

女人停下來，她脫下帽子，直視著我：

「我們認識嗎？」

我看著她的眼睛，簡直不敢相信。

我以為自己永遠不會再遇見她了，永遠不會了。

有段歲月裡，我甚至以為她已經離開人世了。

這是今生我唯一深深戀慕過的女人啊。

「水雲。妳是水雲？」我顫抖著。

「季子惟。」她叫出我的名字。

我覺得重返人間的不是她，而是我已經死去好多年的靈魂。

背影獨白

水雲是我最狂情的祕密，我對她的愛戀，瞞住了所有人，也瞞住了她。

那時候，我們都是高中生，她給我的總是背影。

可是，連那沒有表情的背影，也讓我怦然心動。偶爾，她的眼光淡淡掠過我，我便感覺內在的空洞被溫柔的填補了。

水雲的身體不太好。大家都這麼說，聽說是血液方面的問題，可能與她的身世有關，她有四分之一俄羅斯血統，比一般女孩更白皙，她的眼珠子有著淡淡的灰藍色。那時候，同學們因為她而對舊俄皇家起了極大興趣，說是歷史上有記載，俄皇的家族就有血液方面的問題，水雲的祖母可能就是俄皇的後裔，那麼，水雲算起來應該是公主了。

我很少看見她的笑容，有一次，走過一家俄國餐廳，透過櫥窗看見水雲和她的家人坐在一起，他們不知道在談什麼，忽然大笑起來。

水雲笑得歪倚住她的母親，臉上浮起緋紅色，當她終於停住笑，轉過臉來，正正的攫住我的目光。我竟然就這樣傻傻的，忘情的站在窗前盯著她看。這一下，臉紅的人換成了我。

水雲含著微笑，對我微微頷首。

我卻像是被逮個正著的賊，一溜煙的跑掉了。

水雲是幸福的，水雲很快樂，這景象讓我獲得很大的安慰。將來有一天，等到我有了能力，也要讓她這樣幸福快樂。

我對自己發誓。

只是，一場火災，改變了一切。

我們在高中最後一年的寒假裡，畢業旅行，水雲也參加了，她的家人卻在電線走火引發的火災中，意外被燒死，只剩她一個人倖存。

「應該死的人不是我嗎？為什麼他們都死了，我卻活著？」她問導師。

沒有人能夠回答。

她用盡各種方法自殺，吞安眠藥、割腕、開瓦斯……直到她的姑姑從外國回來，把她帶走。

我想盡辦法，打聽到她住的地方，在她臨行前一天，跑去按鈴。開門的是個高大纖細的棕髮女人，她的眼珠子是更深一些的灰藍色，我猜想應該是水雲的姑姑。我請求她讓我見見水雲，讓我與她話別。

水雲坐在窗邊，正在注射點滴，她的頭髮束起來，穿一件寬鬆的袍子，精緻的臉孔像個瓷娃娃。我走到她的面前，想跟她說話，可是，不知道該說些什麼。

「水雲。」我笨拙的：「我是季子惟。我是，季子惟……」

水雲的神情呆滯，連眼睛都不轉一下，她的眼瞳被陽光照成了剔透的玻璃珠子。

「妳一定要回來喔。」我自顧自的說著：「要不然，我會去找妳的。天涯海角，都會找到妳的。」

我沒有話可以說了，退後幾步，注視著她的背影，那樣削薄的雙肩，微微下垂的優美。為什麼我會這麼喜歡妳呢？我痴痴的看著她的背影，為什麼我從來沒有得到，就要失去妳了呢？等到以後我們再相逢，妳肯定是不會記得我的了。

「季子惟。」在這初夏的街頭，在我們分離十年之後，她竟然叫出我的名字，她竟然出現在我的面前。

「原來，是你。」她說了一句古怪的話。

「我剛剛看見妳……」我把「掉下月台被車碾過」的話吞進去，變成了含意模糊的：「在月台上。」

「你看見了？」她的眼睛轉向月台：「可是，我並不在月台。我在走路，你可能看錯了。」

「我看得很清楚，我……」

「啊。」她若有所悟的說：「我知道了。你看見的是幻影，海市蜃樓。」

海市蜃樓。天啊！這些年來，我不時從各種管道聽見她的消息，說她在那個國家結婚了；在某個城市病逝了，這裡那裡，她才是我的海市蜃樓。

「妳什麼時候回來的？」

「快一年了。」

「我，我一直……」我發現自己有點喘，當我被困住的時候，這種感覺就會出現了。一見到水雲，我就覺得自己被困住。

「我沒想到，還會見到妳。」

「是啊。世事難料嘛。」她微微瞇起眼睛。

不能。不可以。絕對不能再錯過這個機會了。

「請妳喝咖啡。」我的態度簡直是莽撞的。

然而，她竟然答應了，我們一起走向水岸邊，那裡有一些露天咖啡座。

那是第一次，我和水雲的約會。

她對我說了自己的事，她說她隨著姑姑出國之後，花了好長一段時間治療，她說她一直想要死，直到後來有了一個奇遇。

什麼樣的奇遇？是愛情嗎？她不再說，我也就不問了。

「我今天是出門找房子的，原本租的房子，房東兒子結婚，要收回去了。這下可好，我變得無家可歸了。」她一邊說著，一邊撥弄著手腕上的水晶珠鍊。

「我可以幫妳找房子，反正我的工作就是到處跑來跑去的。」

「房東叫我明天就搬走。」

「什麼？太不近人情了！我去跟他理論，怎麼可以這樣？」

「其實，他三個月前就跟我說了，我只是在等啊等的……」

「妳等什麼？」

「等著雨季過去，今天是最後一場雨，旱季就要來了。」

我並不明白，找房子跟雨季旱季有什麼關聯，我想，我不明白的事還有很多，可是，沒找到房子就得搬家，卻是很現實的問題。

「那，怎麼辦啊？」

「我看，我得在公園裡睡幾天了。」她的眼珠灰了下去。

「去我家吧。」我脫口而出，也顧不得莽撞了：「我租了個套房，妳可以睡床上，我睡沙發。過兩天，我拿個休假，陪妳去找房子。這樣好嗎？」

「季子惟。當年是你，對嗎？」

是的。是我，那站在妳的面前向妳告別的人，凝望著妳的背影偷偷落淚的人，喜歡著妳喜歡得刻骨銘心的，都是我。這一次，我不會輕易放開手了，我要好好把握。

我站起身，輕聲說：「走吧。我們去搬東西。」

不管她曾經遭遇過什麼，我都要好好照顧她。這是我可以確認的事。

水雲的東西比我想像得還要少，家具都是房東的，她只收拾出一個箱子和一盆香草，就跟著我離開了。

她跟著我來到頂樓加蓋的套房，也不開箱，捧抱著自己的香草盆，逕自走到了屋外，在欄杆上安放好花盆，便站住不動了。

夕陽籠罩著整座盆地，也把她暈染成紅黃色澤，我倚在門邊看著那個背影，恍然若夢。會不會天黑以後，她就消失了？

七彩水晶

水雲並沒有消失，她就在我的屋子裡住下來了，這屋子倒像是量著她的身做的，相當合適。每天早晨，她到天台上澆花，並不用水管淋水，而是用勺子舀了水，一滴也不浪費的傾進花盆裡。她做一些簡單的輕食，喝很多牛奶，完全沒有想要找房子的打算。

我和她的相處，常常是寂靜無聲的。我在一旁悄悄打量她，她的動作輕緩靈巧，極富韻律，倒像是某種優美的舞蹈。看著看著，我便痴了。

她有時候突然捉住我的眼神，就像多年前在餐廳裡的那一瞥，依然令我緊張得心跳加速。

原來，即使是在沒有相見的日子裡，我對她的情感仍夜以繼日的滋長著，不曾停息。

在辦公室裡，我不止一次對著電腦上的這張照片發呆。

高高的如同絕壁的月台上，水雲雙臂張開來像翅膀，她的身體前傾，彷彿即將凌空飛去，而在相片另一邊，列車正快速駛來，就要撞上去了。

照相機能把我們的幻覺照出來嗎？

小琦有一次從我背後經過，大小聲的嚷嚷：「嘩！這是哪部電影的劇照啊？還是你做出來的合成？太炫了！」

原來，其他人也看得到。

我一直沒有把這張照片給水雲看，我不想為難她，為難她也就是為難我自己。像現在這樣不是很好嗎？在我內心深處，可能已經認定，她終究是要離開的，因此，每一分鐘可以看著她的時光，對我來說，都很珍貴。

那一天，原本約定好訪問的名人臨時取消通告，我決定去拍開發過度的山坡地，才發現自己少帶了一個廣角鏡頭。眼看著陽光很好，不拍實在可惜，決定回家去取鏡頭。

我掏出鑰匙來準備開門，忽然看見從門縫裡流出一些東西來，定睛一看，是彩色的光亮，從門內湧流出來。我小心翼翼的開了門，套房裡沒有人，卻有著七色彩光流動，就像是頑皮的孩子用稜鏡閃出來的效果。

我往天台移動，首先聽見了水雲的聲音：「他對我很好……可是，我不快樂。我只想跟你在一起。」

「孩子會生出來嗎？真的會嗎？我會變成一個母親……到那個時候，你會帶我走嗎？」

我看見了水雲，她坐在一張椅子上，被七彩光亮所圍繞，那道光亮就像是一條大蟒蛇似的，充滿力量的，激情的裹纏著她。從那道光亮本身迸出一些細小的光亮，如同瀑布濺出的水流，擊打在牆壁上，簡直就像放煙火似的，整個天台都是七彩光流噴湧。

在彩光的纏繞中，水雲放鬆了軀體，整個人緩緩騰空，她的頭往後垂，舒適的閉上雙眼，發出低低的呻吟聲。像是回應著她的呻吟，那道彩光忽然發出一種極詭異的鳴叫聲，音頻很高，令人難以忍受。

啊！

我聽見自己的喊聲，非常費力，如同在夢中，很不真實。

在我的喊叫中，水雲跌回座椅，那些彩光迅速消失。一隻鳥飛過，發出啼叫，我才意識到四周如此安靜。

水雲睜圓雙眼，驚悸的看著我，從她的眼光中，我知道自己的表情有多恐怖。

我重重喘息，沿著牆滑坐在地上，發現自己渾身都在顫抖，雙腿像棉花似的，一點力氣都沒有。

這是一場夢，是一場夢啊，為什麼醒不過來？

我用力閉上眼睛再睜開，啊！

水雲正俯望著我。

「季子惟。你還好吧？」

我把抱著頭的雙臂鬆開，撐起身子，意圖站起來，果然搖搖晃晃的站起來了。

「妳，為什麼……」我吶吶的，有些不知所云。

「對不起喔，嚇到你了吧……」

「剛剛是，怎麼回事？」我猛的指著她：「不要再說『海市蜃樓』這樣的話了！」

「季子惟。我可以告訴你，整件事情，可是，你不會相信的。你會認為我瘋了，你會把我送去精神病院……」

我退後一步看著她，她是精神病患嗎？我不知道，經過剛剛那一幕，再沒有什麼不可能的事了。

「你不能送我去精神病院，我已經懷孕了，我要把孩子生下來。」

「妳說什麼？」我迅速打量她的肚腹，看不出隆起的樣子。

「我知道你會好好照顧我的，我知道你是這個世界上我唯一能夠信任的人，從我們都還小的時候，我就知道了……」她伸出手，輕輕撫過我的臉頰，那隻涼涼的手，停在我的耳朵上，溫柔的揮住我的耳珠。

淚水衝進我的眼眶。原來，她一直都知道的。

「妳告訴我吧。」我把眼淚逼回去，抬起頭直視著她的眼睛：「我會照顧妳的。」

水雲開始述說一個匪夷所思的故事，說她隨著姑姑去到國外，不久就因為慣性自殺被送到精神病院治療。她說自己從醫院逃出來，去到一處絕壁，想要跳崖的時候，遇見了「那個人」。那人救了她，帶她離開醫院，她說她愛上了「那個人」，她想成為他的妻子，可是，他們不能在一起。

「不能在一起？他是個外星人嗎？」我發覺自己有點不懷好意。

「起初我也以為他是外星人，可是，他有身體肌膚，他那麼溫柔，跟他做愛的時候，又那麼狂野……」

「所以，孩子是他的囉？」我打斷了水雲。

她的臉紅紅的，彷彿還沉浸在狂野的記憶中。雙眼水亮水亮的，點了點頭。

「遇見他之後，我再也不想死了。他說如果有了孩子，我會過得更好一些。他希望我回到人群裡，把孩子生下來。那一天，他告訴我，會有一個人好好照顧我，然後，我就見到了你。才知道，原來，是你。」

原來，是你。

我記得初相逢那天，她確實說過這句沒頭沒尾的話。

我是被「那個人」揀選好了的，原來如此。

「『那個人』到底是什麼呢？」

「你剛剛已經看見了……他希望你能看見他……」

「我看見的是，亂七八糟的光亮，五顏六色的。」我有點煩躁，原來，這也是安排好的。

「是七種顏色，紅、橙、黃、綠、藍、靛、紫。」

「彩虹。」我下意識的脫口而出：「七色彩虹。」

水雲不語，一朵微笑含在唇邊。

我怔怔的看著她。

「旱季裡沒有雨，很難看見他，我只好用水晶召喚他來見面。下次要再跟他見面，就得等到旱季過去了。」她說著，轉了轉腕上的七彩水晶：「如果你很難接受，就當作是幻覺吧，我只是用水晶玩了點遊戲罷了。」

她轉動著水晶珠鍊，七彩的光芒直接射入我的眼瞳，我連忙閉上眼睛。

閉上眼睛的時候，我在想，會不會等我睜開眼，發現這一切果然是夢？

雨季再臨

我從沒有經歷過這樣的人生抉擇，這個讓我懸念愛戀許多年的女人，就在我身邊，她卻是心有所屬的，並且還懷了那個人的孩子。

雖然她以為她在跟彩虹戀愛，我卻帶著她去婦產科做了驗孕，檢查完畢之後，護士公布結果：「已經差不多有三個月了吧？看起來還滿健康的，飲食和睡眠都好嗎？」

真的是懷孕了啊。不是幻覺，是一個事實。還是一個健康的胎兒。

她的飲食和睡眠都不錯，倒是我吃不好也睡不著了。

從婦產科出來，我們散步去逛超市，我推著推車，陪在她身邊買哈密瓜，我們看起來是否就像一對小夫妻呢？買了哈密瓜和青菜，牛奶與麵包，前方有一個「嬰兒與母親」專區，懸吊著一些孕婦裝。

水雲停住腳步，注視著那些衣裳。

「去挑一件合適的吧。很快就會需要了。」我鼓勵著她。

她轉頭看我，眼光裡有著詫異與感激。我輕輕拍了拍她的背：

「我去看ＤＶＤ，待會兒再來找妳。」

我離開了那個區域，並沒有去找ＤＶＤ，而是經過了奶粉區域，看見一對男女，女人是孕婦，男人看起來是她的丈夫，他們正拿起一罐奶粉。

「我姊說的就是這種，對孕婦和嬰兒都很營養的。聽說這牌子最好。」

「是嗎？」丈夫拿起奶粉罐反覆端詳。

我走過去，拿起兩罐，看了看標價，果然不便宜。我捧著兩罐奶粉，走在貨架中間，覺得自己真像是一個父親了。

當我逛回孕婦裝區，水雲已經穿上一件小碎花的孕婦裝了，售貨小姐正殷勤的告訴她，她的皮膚白，穿起來漂亮。

「好看嗎？」水雲從鏡子裡問我。
我微笑的點點頭，付了錢。售貨小姐離開的時候，我把奶粉遞給水雲看：「聽說這個孕婦專用的奶粉，很營養的。」
「我知道這個奶粉，很貴的。」水雲靠近我，她的臉湊過來，輕快在我臉頰上啄了一下：「謝謝你，謝謝。」
我真的不在意，她的另一個男人是誰？也不在意她懷了別人的孩子。如果她可以留在我身邊，我們就會是親愛的一家人，以後的以後，說不定我們還能生下自己的孩子。
「妳願意一直在我身邊嗎？」那天晚上，我這樣問她。
「季子惟。」水雲安撫一個孩子似的拍拍我的手背：「你好多天沒睡啦，你該去泡個澡，好好睡一覺了。」
這就是她的答案。
我很聽話的泡了澡，當她上床睡下之後，我繼續看著無聲的ＤＶＤ，在黑暗之中。如果不找些事來做，我不知道該怎麼打發這漫漫長夜。

這支ＤＶＤ是一個警探和一個女毒梟的故事，他們原是青梅竹馬的小戀人，多年後再相逢，卻成了死對頭。在你來我往的爾虞我詐中，警探和女人終於忍不住彼此的激情，在浴室裡瘋狂做愛。

看著警探扯破女人的黑色絲襪，女人扭過頭，難以置信卻又充滿期待的眼神，我的喘息變粗了，有些抑制不住。睡在床上的水雲在這時候也轉過身來，睜開眼，看著螢幕上扭成麻花的兩具胴體。

她靜默半晌，轉頭看我。

我也注視著她，心慌意亂的。我確實是失眠了好幾天了，我有些不能自主。為什麼她距離我愈來愈近？我發現自己竟在床邊坐下了，捱著她的身體與氣息。

「你總不睡覺不行的。」她輕聲說著，挪了挪自己的身體：「來。我陪你好好睡一覺吧……」

我貼著她躺下來，嗅聞到茉莉花似有若無的香氣。

「茉莉。」我喃喃的。

「是啊，茉莉花，我替你種下的，等到雨季來臨，它會開很多花的。」

我伸出手臂抱攬她：「等到雨季來臨，妳就要離開了。是嗎？」

水雲的手指纏住我的頭髮：「什麼都別想，好好睡一覺吧。」

我竟然真的在她身邊睡著了，在我心愛的女人身邊，沉沉的入睡了。

天亮之前，我做了一個夢。夢見一個全身赤裸的雪白高大的男人，鑽進水雲的薄被裡，占有了她。我的心像撕裂般痛楚，卻無可奈何。

當我醒來，便忍不住伸手摸索著水雲的手臂，直到她的肩胛與頸脖。水雲睜開眼，與我相對互望，我的手很有決心，並不打算停下來，觸到她的胸，然後是腰和腹部，她也不出聲阻止。而當我的手碰觸到她的小腹，卻像被蠍子螫到一樣彈開了。

我拉開薄被，看見她隆起的腹部，她確實是一個懷孕的女人啊。

那一天，她在拌沙拉，我在料理烤雞，看著她挺著肚子緩慢移動，我必須面對現實，她只住進我家三個月，就有了這麼大的肚子，確實是不尋常的事。

「我要怎麼做，才能留住妳？」

水雲停下攪拌的動作，仍低著頭。

「不管我的對手是什麼，我要把妳搶回來。我不甘心。」我向她靠近：「妳知道我對妳的感情嗎？妳知道妳那年離開之後，我沒辦法喜歡任何一個女孩子？妳知道妳這樣回來，又準備離開，對我很殘忍嗎？」

水雲抬起頭，眼中盈著淚光：「對不起。我真的對不起你……」

「就這樣嗎？妳只能說這句話嗎？沒有別的了嗎？妳不能留下來，和我在一起嗎？一點點可能都沒有嗎？一點點希望都不給我嗎？」

「我原本不想活下來的！我根本不想活著的……」水雲蜷著身子，很痛苦的樣子，靠在料理台邊，發出呻吟。

「怎麼了？妳哪裡不舒服？」

水雲用力抓住我的衣領，她的脖子粗腫起來，喘著氣：

「肚子好痛。我要生——要生了！」

水雲的生產過程很順利，她並沒有痛很久。

一個小男嬰。完全是一個正常的baby，身上沒有七彩光芒，只是比別的孩子更白皙。像個外國孩子。

剛剛生過的水雲，看起來還是那麼美麗，出過力的臉頰緋紅，豔光四射。

「是兒子。」我跟她說：「正常的小孩。」

「真的是，麻煩你了。」

我說我要回家去幫她帶點私人用品來醫院，順便燉點補品來。

當我轉身離開，她忽然牽住我的手。

「那天，我確實在月台上。」她說著，與我的手指交扣。

「你沒看錯。我那天想要跟他一起走，想從月台上跳下去，他把我拉回來，送到對街，他告訴我，我會遇見一個愛我的人，幫助我，照顧我。」

那個人就是我。我點點頭，沒有說話。

她拉起我的手，偎在腮邊：

「將來有一天，你會忘記這一切，可是，我會永遠記著你的。」

「我才不會忘記。我說過的，我還沒有放棄呢！」我挺起背脊，拍拍她的手：「不要小看我喔，我也是很勇敢的，會不顧一切爭取的。」

我回到套房去，把枕被都洗了掛起來晾曬，水雲很快會回家，要給她全新的感覺，她要在這裡坐月子呢。曬衣服的時候，我用勺子舀起一些水來澆花，那盆茉莉結出好幾個苞來，我多給了它一點水。

啪答。

一粒水珠落在臉上，是澆花濺起來的嗎？

啪答。

又一粒。更多粒。

下雨了。

我怔怔站立著。真的下雨了，旱季已經過去了。

我站在雨中，任憑枕被淋溼，而我的心內焦荒，下雨了。

我轉身奪門而出，飛奔往醫院。

水雲。水雲。等等我，千萬不要走！

我趕到病房的時候，護士正吱吱喳喳的湊在一起，議論紛紛。水雲果然不在病床上，綠色薄被還保留著她身體的形狀。像是剛剛推開被子起身的模樣。

「季先生。」迎過來的是護士長吧，她驚惶的：「你沒遇見你太太嗎？她說要帶孩子去找爸爸呢。我們都攔不住她，她還很虛弱呢。小孩子連衣服也沒穿，光溜溜的，她抱了就跑——」

我沒回話，發狂似的衝出醫院，雨停之後，就是她要離開的時候了。攔下一輛計程車，我說出了一個地名「彩虹」。

「到彩虹捷運站。」

計程車前方的雨刷，激動的刷了一會兒，停下來了，因為雨停了。薄薄的陽光，從雲層後方灑向大地。

「雨季開始囉。」計程車司機說著：「出門得帶著傘囉。」

雨季重新蒞臨。

我在捷運站對面下車，月台上，看見水雲抱著嬰兒，站立著，宛如絕壁。

「水雲——」我大聲吶喊。

水雲似乎聽見了，她將嬰兒捧抱在胸前，對我微笑頷首。

這是訣別的微笑，悽絕美絕。

軌道另一頭，列車正要行駛到站，帶來好大的風，那風讓附近的樹木都晃動起來了。水雲的身子一點也不退，她筆直的往軌道下墜。

吱——一種頻率極高的聲響，貫穿耳膜，我不得不掩住耳。

列車穩穩進站停穩了。

我四下搜尋，並沒有看見水雲，她的愛侶，孩子的父親確實拉住她，卻沒有把她送到對街，沒有把她送到我身邊。

兩個小學生指著水岸的方向，驚詫的叫著：

「看！有三道彩虹耶！」

那天的新聞都是三道彩虹的天文異象：

就在今日下午兩點四十五分左右，剛下了雨季的頭一場雨，天空灰濛濛的，但太陽卻很亮，在太陽的左右兩側，出現兩根對稱的彩虹光柱，在太陽上方，有一條弧形彩虹，彩虹兩端向上，三條彩虹將太陽環繞在中間，彩虹亮麗、太陽耀目，吸引了眾多行人的目光，大家紛紛議論：從沒見三條彩虹環繞太陽，世所罕有，連氣象學家也無法解釋。

水雲告訴我，我會忘記這一切的，但，我發覺忘記太難，所以，不想費這個力氣。我以前並不愛下雨，總覺得麻煩。可是，現在的我，卻很喜歡下過雨之後的時光，空氣裡有泥土和草葉的氣味。

有時候，我也在天台上坐著，眺望水岸，天台上的茉莉和那盆被遺留下來的香草，都生長得很好。

它們也朝向水岸，和我一樣，彷彿在等待著什麼。

彷彿，這等待可以成真。

廬陵巴丘人陳濟者，作州吏。其婦秦，獨在家。常有一丈夫，長丈餘，儀容端正，著絳碧袍，采色炫耀，來從之，後常相期於一山澗間。至於寢處，不覺有人道相感接。如是數年。比鄰入觀其所至，輒有虹見。秦至水側，丈夫以金瓶引水共飲。後遂有身。生兒如人，多肉。濟假還，秦懼見之，乃納兒著甕中。此丈夫以金瓶與之，令覆兒，云：「兒小，未可得將去。不須作衣，我自衣之。」即與絳囊以裹之，令可時出與乳。於時風雨暝晦，鄰人見虹下其庭，化為丈夫，復少時，將兒去，亦風雨暝晦。人見二虹出其家。數年而來省母。後秦適田，見二虹於澗，畏之。須臾見丈夫，云：「是我，無所畏也。」從此乃絕。

——晉・陶淵明《搜神後記》

妖物答客問

問（flying）：

彩虹是美好的象徵，雖然虛幻，卻意喻著雨過天晴，絕望後的重生。在

〈雨後〉這篇小說中，老師藉由虹與霓的意象暗示男主角的傾心與守候是無望的，可是，是否也在這道明明跨不過的鴻溝之前，讓女主角偷渡了似有若無的愛情，給了男主角在遠望的距離中，有了溫暖的救贖？

答（曼娟）：

年輕時耽溺過的初戀，就像天邊的彩虹那樣，美麗而不可觸及。這就是我在小說中的設定，季子惟青春時熱烈的愛著水雲，水雲多年後重新回到他的生活，接受他的照顧，看似和諧美好的相處，卻懷著別人的孩子。只有一段，而不是長長的一生，這樣的愛情到底值不值得？

我沒有答案。

但是季子惟似乎是對於稍縱即逝的浪漫與情感，感到依戀與溫暖。

卷五 星星傾巢，而出的夏日

女人沒有停下，也沒有轉頭，
只是伸手向後，
他小跑步的趕上去，握住那隻手。
女人的背上忽然起風，
一雙巨大的翅膀搧動，即將起飛。

——羽衣娘

破損的舊包袱

電話鈴響在黎明前，那樣銳利的穿透屋頂，像是鷹類的爪子刮搔。

杜勉生醒來時，渾身的雞皮疙瘩爆起如粟。

「喂？」他的聲音還是混濁的，昨夜喝了不少酒。

「阿生啊！是媽啦，你還沒睡喔？」

勉生揉了揉眼睛，牆上的鐘指引著，四點十五分。那麼，他剛剛睡了兩個小時，這是他三天來唯一平躺下來的兩小時。

「我剛剛躺下來……」他順便把那口氣嚥下：「什麼事啊？」

「你太祖婆失蹤了，她失蹤了啦！」母親在那頭用哭腔吟道。

太祖婆是家族裡的傳奇人物，她已經老得像一棵槐樹了，樹幹的色澤與膚質，渾身起皺，身上還長著樹瘤一樣的東西。雖然老得不可思議，卻是沒有病的，從沒看過醫生。這個神祕的老太婆，到底活了多少歲？沒有人知道。到底是哪一位太祖公的老婆？也沒人說得出來。

小時候勉生聽父親說過，父親的祖父也是要恭恭敬敬的喚她一聲「奶奶」。

看見這棵緩緩移動的老槐樹，又不能戲弄她，孩子們能躲多遠就躲多遠。

直到七歲那年，勉生患一場大病，據說是太祖婆把他的小命救回來的，從那以後，太祖婆就由勉生家來奉養。

「太祖婆只是出門逛逛，她會回來的啦。」勉生安慰母親。

「兩天啦，她已經失蹤兩天啦。我們這裡不是在遷祖宅嗎？很多工人進進出出，我擔心她被人家拐跑啦。」

「拐一個兩百歲的阿婆？」勉生失笑，他坐起身子：「媽啊！她比我們活得都長，她會照顧自己的啦！」

「阿生啊！走又走不了，死又死不掉。好無奈啊。」太祖婆的聲音忽然從黑暗處傳來。

勉生想起來，上一次回家，推著太祖婆去溪邊看魚，總是沉默的她，說了這樣一句話。太祖婆走路很吃力了，他們便用輪椅推著她走，大家的行動都可以快一點。有時候他覺得輪椅的發明，也許為的不是坐在上面的人，而是照顧者。所以，坐輪椅的人和推輪椅的人無法相望。

勉生離家之後，很少看見太祖婆，上班以後，見了這麼多的光怪陸離，也就多了幾分柔軟體貼。他繞到太祖婆面前，蹲下身子，看著老婦人那已然塌陷的眼皮底下的眼睛，似睜似閉。

「太祖婆。我能幫妳做什麼呢？」

太祖婆看著他的眼光，柔和如一朵初生的黃玫瑰。

她伸出手，輕輕觸了觸他髮絲濃密的頭頂，沒再說話。勉生知道，他們的交談已經結束了。他幫太祖婆拉好蓋著的毛毯，順手按按太祖婆的腿，他的手像被電殛一般的彈開。

那不是人的腿，已經退化成兩根竹竿了，說得更準確些，就像是兩隻鳥的腳。她看起來並不十分瘦，為什麼會有這樣細的腿？勉生充滿疑問，但，太祖婆已經垂下頭，看來是睡去了。

「你們報警沒？」勉生打斷母親的嘮嘮叨叨。

「你也覺得有問題，對不對？要怎麼辦啊？如果她有什麼三長兩短，我們要怎麼辦啊？她是你的救命恩人啊，想當年……」

其實，勉生從沒完整認真的聽過那些「想當年」，他只想解決問題：「先報警，我再看看處理的狀況怎麼樣。」

他的手機幽幽的閃起藍光來，三個長閃，兩個短閃，他知道，是弟兄的電話。

「媽！我有急事要處理，妳先想想看，有什麼跟太祖婆失蹤有關的事，再告訴我喔，好，拜。」

掛上電話，火速接起手機。

天邊剛剛露出曙光，勉生已經把車子停好在路邊了，他才打開車門，雄哥就跑過來：「不好意思，臨時找你來支援，女子健身俱樂部啊，見識一下也好。」

勉生伸出一根手指，指住他：

「那些失蹤兒童已經把我整慘了，我情願在家睡覺！」

雄哥知道他近來為接連發生的兒童失蹤案不眠不休，陪著笑拍拍他的背。

這家女子俱樂部在城內小有名氣，二十四小時營業，收費很高，許多貴婦名媛和明星，都來到這裡，隱密、高級、尊貴。

許多女人的夢想，都想要成為俱樂部終身會員，可是，成為終身會員就一定幸福快樂嗎？幾個小時前，在俱樂部自殺的女人，雪白的胴體上，滿是新傷舊痕，已經死去了，卻仍尖銳的吶喊著痛苦。

勉生看見鑑識組同事戴著手套，翻動那赤裸的女體，像一隻擱淺的鯨，他別過頭去。

「確定是自殺，為什麼還要勞師動眾？」

「那女人是議員的小老婆，你知道的，非好好查一下不可。」雄哥壓低聲音。

牟督察朝他們做個手勢，教他們進去。

「裡面已經清場了，就去看看吧。」牟督察說著，用一種大家都了然於心的眼神瞄他們一眼。

勉生點點頭，只想快點完事，可以回家補眠。

他一腳踏進三溫暖區域，就被氤氳溼氣暖暖包圍，空氣中有著甜絲絲的香氣，那是專屬於女人的，不是一個、兩個，而是許多許多女人，從四面八方來，卸下她們的負擔，也留下她們的吐納呼吸和囈語斷續。她們都是這樣赤身裸體的，披散著頭髮，走來走去。她們談笑、沉思、憂傷、流淚，溼淋淋的，那些女人遺留下來的氣息，纏繞著他，他能感覺到那些霧氣，漸漸滲進皮膚裡去。很異樣的感受，談不上喜歡或厭惡，只能感覺。

宛如羅馬神殿的裝潢，在熱霧漸漸散去之後，他才看清，頂幕變化著天光，水池四周的圓柱子是溫潤白玉，池底鋪著土耳其藍的小磁磚，間雜著金黃色碎片，池中裝著燈，整個空間閃動水紋，這是一個晃動的幻境。

「有扇門。」雄哥用肘子碰碰他。

他抬頭，看見門上蒼勁的字體，書寫著「雲端」兩個字。

雄哥推開這扇看似沉重，其實精巧如同機關的門，勉生的呼吸停了一會兒，才能繼續。今日的奇遇，恐怕是平生僅有的了。

這間寬廣的房間原來是個寢室，每張床都像半個蛋殼似的，水果糖的色彩繽紛美麗，它們都懸在空中，只有小小的梯子連接地面。睡進這樣的床鋪裡，會孕生出怎樣的夢呢？怪不得許多女人要在這裡過夜，他探看著這些浮在空中的巢，只有在這裡，這些女人才真正來到了雲端吧。

勉生公式化的登上每個梯子，查看那些眠床，空無一人。

他踩上最後一級階梯，隨意的探頭一望，整個人差點從梯上栽下來。

有個女人，定定看住他。

有些面孔，不管是美是醜，看過之後，便會隨著時間漸漸淡忘；有些面孔，不管是美是醜，看過之後，卻是要終身不忘的。

那個女人的眼睛，兩顆黑得發亮的眼珠子，沒有眼白。

就在他的身子微微後傾的瞬間，女人像彈簧似的敏捷起身，伸出手拉住他。

「嘿！小心啊。」女人笑嘻嘻的說。

他一身冷汗，看著女人的雙眼，她的眼睛很大，眼尾上翹，單眼皮，黑白分明的眼珠子。果然，剛剛只是看走了眼。

「妳怎麼進來的？」雄哥也跟著緊張起來：「剛剛清過場的。」

這句話提醒了勉生，他收回被捉住的手腕，打量著面前的女人：

「妳什麼時候進來的？怎麼進來的？請妳下來跟我們說明一下。」

「我累了。我想休息，我每天都在這裡睡覺的，有什麼不妥嗎？」女人的聲音很特殊，徐緩的，具有說服的力量。

「有個女人死了，我們在調查，麻煩妳配合一下。」勉生不看她的眼睛，僵著聲音。

「有人死了？真可怕。」女人說，帶點嬌滴滴的意味。可是，勉生覺得她一點都不怕，她的語氣裡彷彿有種嘲謔。

勉生和雄哥站在地面，等著女人從階梯上一級一級的下來。女人穿著淺紫色的浴袍，長髮蓬鬆的披散著，修長的身形，如同名模走秀。看著她皎潔美豔的容顏，勉生搜尋著記憶，她會不會是哪位新近崛起的明星呢？她看起來為什麼有點眼熟？

女人說她在天亮前進入俱樂部的，並不知道警察清場的事，可能是自己睡熟了。

「妳叫什麼名字？」雄哥問她。

她不回答，懶洋洋的將眼光轉向不遠處的勉生。好像知道勉生正盯著她看。

一個年輕男人忽然闖了進來，來者不善的樣子：

「你們這是非法拘留！馬上放了她，不然我告你們。」

勉生兩三步上前，把男人架開。他們的體型差不多，年齡也相仿，那個男人穿著質地非常好的衣裳，身上有怡人的橄欖香味，他和勉生相牴，力道不相上下。

「你是什麼人？」勉生用力把他壓在牆上。

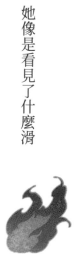

「放開我。」男人咬著牙：「放開！」

勉生放開他，他們倆都在喘氣，勉生看見女人發笑，她像是看見了什麼滑稽的事那樣的，仰起頭無聲的笑著，嫵媚萬端。

「我是律師。葛無明。我已經查過了，這是一起自殺案，與我的當事人一點關係都沒有。你們憑什麼問她的話？」

牟督察走進來，朝勉生做了個手勢，勉生只得深吸一口氣：「我們也是為了保護你的當事人的安全，暫時把她帶來局裡保護，沒有別的意思。既然你來了，可以帶她走了。」

葛無明看都沒看勉生一眼，直接走到女人面前，一條腿很自然的曲跪下來，質料良好的褲子，就這樣跪在並不乾淨的地板上。他抬起頭，面部線條變得極為柔和，低聲對女人說話：

「對不起，我來晚了。」他的聲音和姿態，都是那麼小心翼翼的，絕不同於方才的鋒芒畢露。

女人沒講話，只把一隻手搭在他手背上。

「我們走吧？」葛無明一邊說著，手臂很自然的繞過女人的腰，宛如情人那樣親暱的，扶她起身。

女人站起來，仍然帶著笑意，擺落了葛無明的手臂。

她對葛無明說話，卻讓旁人都聽見：

「我覺得挺好玩的，他們人很好，沒有為難我。」

她從勉生面前走過，忽然停下身，與勉生幾乎貼在一起，從沒有人和他靠得這麼近，氣息吹動他臉上的寒毛，他有點暈眩。在暈眩中，聽見女人對他說：

「又見面了。」

她說又見面了，是什麼意思？

勉生開車回家的路上，一直想著這句話，想著她的每個細微的表情，想著葛無明與她的關係。這個不知名的女人，他們到底是在什麼時候見過面的？

回到家，他看見答錄機閃著燈，一邊脫去上衣，一邊按下按鍵，母親的聲音急促：「阿生喔，我要跟你說，你堂妹阿麗說啊，她在拆房子那天，有看見太祖婆挖起來一個舊舊的包袱，她很高興的樣子，抱著包袱跑走了。啊，你太祖婆怎麼可能跑呢？我也不知道，要不然你問一下阿麗啦。」

勉生找到阿麗的時候，她正在攝影棚裡工作。

「阿生哥。我那天是想回祖屋去看看，有什麼古舊的東西，可以搬來攝影棚當道具的，我就看見太祖婆，她看起來不太一樣，好像是……好興奮的樣子。看起來也不那麼老了。她的懷裡抱著一個破破爛爛的包袱，她一直笑著嘀嘀咕咕的說話……」

「她說什麼？妳聽見她說什麼嗎？」

「不是很清楚，好像是，原來在這裡，害我等了這麼久之類的話。」

「那麼，她拿的那個包袱裡面是什麼？」

「包袱沒打開，看得不是很清楚，露出來一點點，好像是羽毛被還是羽毛衣的內裡的樣子，看起來是羽毛……」

講到這裡，兩個人忽然都沉默了。

片刻之後，阿麗欲言又止的：「阿生哥。你覺得……我們太祖婆該不會是傳說中的……羽衣娘吧？」

你叫什麼名字？

阿生感覺到有人靠近，愈來愈近，氣息輕輕的吹動著他的寒毛，一陣一陣，均勻的呼吸。他聽見一個嘴唇的開闔，芳香的吐出幾個字：

「你叫什麼名字？」

他渾身無力，卻很想要回答這個問題，回答這個女人。

「我叫杜勉生。」

「勉生。好孩子。來！跟我走吧。」

他看見一個修長纖細的女人的背影，在面前緩緩行走，他想要追趕，想跟她一起走。女人沒有停下，也沒有轉頭，只是伸手向後，他小跑步的趕上去，握住那隻手。女人的背上忽然起風，一雙巨大的翅膀搧動，即將起飛。

勉生忽然落後，被女人帶走的那個孩子，正是上個月失蹤的小男孩宇凡。

「不要帶他走！」勉生大喊。

轟一聲，火光爆起，熊熊烈焰猛的燃燒起來。勉生跌在地上，看見那雙翅膀被火燒著了，用力的拍打，毛羽紛紛飛落，女人翻轉身體，疼痛得發出尖銳的鳴叫聲。空氣裡彌漫著濃度很高的毛羽燒焦的臭味，那景象相當慘烈，令人不忍卒睹。

他睜開雙眼醒過來。

樓下有汽車的防盜器鳴叫著，天已經黑了。

「該不會是傳說中的羽衣娘吧？」阿麗的話仍那麼清晰。

在他們鄉下，這個故事是用來嚇小孩的，說是羽衣娘會偷走小孩子，因為她們自己不會生育。偷小孩之前，羽衣娘會先做一個記號，只要是被做了記號的小孩，不管藏得多嚴密，都會被偷走，神不知鬼不覺的。

上個月失蹤的宇凡，就是待在家裡忽然消失了的。門窗完全沒有被侵入的痕跡，勉生連冷氣機的縫隙都仔細檢查過了。也詢問過所有可能相關的人，沒有一點蛛絲馬跡。

做記號？如果要做記號，會做在哪裡呢？

「我是個失職的媽媽，小凡受傷了我也不知道，老天爺一定是在罰我，祂是在罰我——」宇凡的媽媽哭個不停，一聽勉生問兒子失蹤前有沒有什麼不一樣，她就哭：「連他受傷了，我都沒發現！」

「受傷？什麼地方受傷了？」

「我不知道他哪裡受傷了，他失蹤以後，我才看見，他的薄被上面有血跡。他沒有告訴我，我完全沒有發現……」

勉生取回那條薄被，水藍色的被子上，有一塊隱形眼鏡大小的血漬，顏色已經變成暗褐的鐵鏽。

勉生送去鑑識組的Amy那裡，Amy挺著大肚子，這是她的第一個孩子，行動起來瞻前顧後的，與往日大不相同。聽說是失蹤兒童的案子，她二話不說，馬上動手。

「什麼時候生？」勉生問她。

「等你把這個神出鬼沒的綁匪抓起來的時候。」她說起話來還是一截一截，力道十足的。

勉生又找出半年前離奇失蹤的另一個孩子米佑的檔案，都是男孩子，這是怎麼樣的巧合呢？他去拜訪了米家，拿回一個染有血跡的枕頭套。一式一樣的血漬，他幾乎要確定，這就是記號了。

Amy打手機給他的時候，他正和一群人在PUB為雄哥慶生，這間PUB在最高樓層，是他們常常一起狂歡解悶的地方。

「檢驗結果出來了！我看你麻煩大了！」Amy對他說。

PUB的音樂和笑鬧聲太大，勉生推開門，走出陽台聽電話。

「怎麼樣？」

「不是小朋友的血，事實上，也不是人類的血……感覺有點像是鳥的血液，可是，又不完全是，很複雜，我沒見過這種樣本，還要再比對。可是，被子和枕頭套上的血，是一樣的。」Amy一口氣講完，等候勉生的反應。

「喂！為什麼會這樣？」她沒等到反應，聲量更大了。

「我，不知道。」勉生的腦袋裡轟轟作響，他倚靠著陽台欄杆，感覺到高樓上的風。

腳下的世界是一個深深的峽谷，車燈如溪水潺潺流過。他覺得危危欲墜。

抬起頭，對面的高樓樓頂上，他看見那個女人，穿著半裸的禮服，倚在欄杆旁與他對望。他的立即反應是，這又是自己的幻覺了。他閉上眼睛，準備轉身回屋裡去。

「好熱啊，今天晚上。」女人說話了。

這並不是他的幻覺。

「這麼巧。」他只能這麼說。

「也不完全是因為巧合。」女人說，她旋轉著自己手中的高腳杯：「你真的，不記得我了嗎？」

女人雙眼晶亮，風吹亂她的髮，像鞭子似的掃在臉上，看起來很憂傷。

「一點印象也沒有嗎？」

「我們認識嗎？」勉生不想冒失，他一定要確認兩人曾經是認識的，才能承認自己確實對她有印象。

「她連你的記憶也修改了?狠毒的女人。」女人的笑意失去了，那張美麗的臉孔，顯得有些猙獰。

「她是誰？妳又是誰？」

「我是鉤星，把星星勾住，帶回家去。」那個叫鉤星的女人說著，一邊笑起來：「我喜歡星星，蒐集星星！嘿！警官。這樣沒有違法吧？」

勉生被鉤星的嬌態與神情逗得笑出來，他搖了搖頭。

「你呢？你叫什麼名字？」

勉生幾乎要脫口而出，他忽然改變主意，因為他知道還會再遇見鉤星。

「下次見面，再告訴妳吧。」

有同事推開門嚷著，要切蛋糕了，快進來拍照。勉生應了一句，再回頭，鉤星已經不在對面頂樓上了。

兒童神祕失蹤案，到此陷入僵局。

如果世界上真的有羽衣娘，她必然就是嫌疑犯，可是，要去哪裡尋找羽衣娘呢？

勉生坐了一整天的火車回家鄉，面對著熱情洋溢的親人，他們爭著對他講述古宅拆除和興建新房子的事。大伯母表明立場，說是有一間屋子是要給他結婚之後住的，因為他是這一輩的長孫，將來祭祖的儀式必須由他主持。

他看見村子裡到處貼著尋人啟事，太祖婆在照片裡恆長是衰老不堪的。

「沒有啊，一點消息也沒有啊。」母親唉聲嘆氣。

「媽，妳有聽說過羽衣娘嗎？」

「你怎麼，忽然問這個？」

「告訴我，羽衣娘是什麼？」

「羽衣娘像一隻大鳥，如果把羽毛脫下來，又像一個女人的樣子，她專偷人家的小孩，連你也差一點……」

「我差點被羽衣娘偷走？」

「對啊，那一年你七歲吧，我看天氣很好，就把你的被子拿出去曬，你太祖婆就叫我趕快收進來，說會給羽衣娘做記號，我收回來已經來不及了，上面已經做記號了……」

「什麼樣的記號？」

「羽衣娘會把自己的血滴在被子上，一滴圓圓的，然後，她夜裡會來把你偷走。太祖婆有說，你如果在夢裡唸自己的名字，就要被偷走了。我們全家人整夜沒睡，聽見你唸自己的名字，嚇死了。一直去求太祖婆救你，我們知道她活到這麼老，會有辦法的。後來，她把羽衣娘趕走了。」

「趕走了？怎麼趕走的？她為什麼會把羽衣娘趕走？」

「我也不知道。她把我們都趕出屋子，只有她和你在裡面，她燒掉了你的被子，火好大，我們後來跑進去把你和她救出來，整間屋子都燒掉了。」

「你好好的，一點也沒受傷。太祖婆的手都燒傷了。所以，我們才說，她是你的救命恩人……」

火，與他夢中見到的一樣。

是太祖婆放火，焚燒羽衣娘嗎？

那一夜，勉生睡在太祖婆房裡，他開著燈，輾轉無法入睡。

夜半，忽然下起大雷雨，天氣變得清涼些，勉生朦朦朧朧，將要睡去。

門開了，一個年輕苗條的女人走進來，嬝嬝婷婷的，勉生翻身坐起來。

「妳是誰？」

「你在我房裡做什麼？」女人問，她有一張多麼美麗的臉龐。

勉生沒見過她。家族裡如果有這樣的女孩，他不可能不認識。

「這是我太祖婆的房間。」勉生說。

「我知道啊。」女人朝輪椅走去，自顧自的坐下來。

坐下去之後，她的背傴僂了，低下頭，緩緩的說著：

「阿生啊！走又走不了，死又死不掉。好無奈啊。」

勉生心中被戳了一記，猝不及防，他脫口而出：「太祖婆。」

「是的。是我。我已經待在你家七代了，我的男人藏起我的羽衣，想要留住我陪伴他，我也是甘願的，他不過是個人，短短的一生，有什麼不可以呢？誰知道，他忽然死去了，沒交代我的羽衣藏在哪裡。就這樣……把我困了這麼多年，好苦哇！」

「妳是羽衣娘？」

「他們沒告訴你嗎？我以為你應該知道的，當年我把你搶回來，他們就該知道了。知道……只是不肯相信罷了……」

不相信這樣的妖物，竟會在自己身邊，一起過生活。

「七歲那年的事，你也不記得了嗎？」羽衣娘倏然來到他面前，伸出被灼傷的手：「被燒傷了，永遠不會復元的。」她的手掌輕輕蓋住勉生的雙眼，勉生失去光亮，沉進黑黑的甬道中。

他躺在床上，感覺很孤獨，還好有棉被擁抱著他。床邊圍著許多人，他們一直交代：「不要說自己的名字喔！千萬不要說，不可以說啊。」他好疲倦啊，他們不讓他睡去，已經折騰好久了。

他還是睡了。有個溫暖的身體環抱住他，抬起他的臉，輕輕的氣息吹拂著他的寒毛，那女人問：「你叫什麼名字？」他還記得家人的叮嚀，咬住牙不說話。

「怎麼不說話？你不理我，我好傷心喔，乖！告訴我，你叫什麼名字？」聽見她的聲音，勉生也覺得憂傷了，他被說服了，說出自己的名字。

「勉生。好孩子。來！跟我走吧。」

他被女人牽著起身，跟著女人走，他一點也不害怕，好像一直在等的就是這個時刻。女人張開背上的巨大翅膀，看起來好有力量的一雙翅膀。

「不要帶他走！」後頭有人趕上來。

是太祖婆。

「太祖婆！」他喚。

「妳不可以帶他走。他是我家的孩子！」太祖婆對女人說。

「妳家的孩子？」女人仰著頭大笑：「別做夢了。妳不會有孩子的，跟我一樣，永遠沒有孩子。我要這個孩子，要定了！妳憑什麼阻止我？妳只是個又老又醜的老太婆！」

「別的孩子我不管，這一個就是不行！」太祖婆點燃了勉生的被子，那火爆裂開來，迅速燒到女人身上，女人躲避火焰，她轉身的時候，與勉生面對面。勉生看見了她的臉，雖然是驚恐的，卻是無比美豔懾人。火焰吞噬她的羽翅，火焰也燒到太祖婆身上，勉生害怕得大聲尖叫，醒過來。

房裡已經透進晨曦，並沒有年輕女人的身影，但，勉生知道太祖婆確實來過，解開他被深鎖的記憶。

他看清楚了，那個女人的臉，另一個羽衣娘，是鉤星。

火焰色的羽衣

勉生直接找到葛無明的事務所，葛無明讓他等，隔著玻璃，他看見葛無明忙著接電話，根本無視於他的存在。他等了半小時，推開助理的阻攔，硬闖進去。

「杜警官！你跟我預約了嗎？」看得出葛無明也壓抑著怒氣。

「我是為了鉤星來的。」

「鉤星？你怎麼會知道……她把她的名字告訴你了？」葛無明的臉色變了，像被人打了一記暗棍。

「我知道的可能更多，不只是她的名字！」

葛無明關上門，他的氣勢不見了，像是戰敗的公雞。

「我不知道羽衣娘能變成男人！」勉生譏誚的。

「我不是。」葛無明低聲說。

「我查過你的檔案，你無父無母，念中學之前的身世是一片空白！忽然蹦出來的嗎？」

「我早叫她離你遠一點！我就知道會出事的，她為什麼偏偏管不住自己……」

「你們人模人樣的騙了多少人？你們在人的世界裡過日子，就得遵守人類的法律，虧你還是當律師的！」

「我說過我不是！我只是你的替代品——」葛無明低吼著，他的眼中泛著淚光。雙手撐住桌面，用力喘息。

「你說什麼？」

「她本來是要你的，她一心一意想要的是你！為了把你帶走，她付出很大的代價，受了重傷。後來，她帶走了我。我照顧她，我愛她，可是，她還是想著你，我永遠不可能變成你，不管我做了多少事討她歡心，都不可能……變成你！」

「你是被羽衣娘帶走的孩子？」

「她並沒有傷害這些孩子，她愛我們每一個，我們也愛她。只是，我對她的愛，不一樣。」

勉生說不出話來，他看著葛無明，那寬闊的肩膀，細長的眼睛，確實，是與他相似的。羽衣娘要的是他，葛無明只是替代品。

「鉤星在哪裡？我要見她。」

「你不用去見她，她自然會去找你。」葛無明一步步走向勉生，他抓住勉生的衣領：「你如果傷害她，我會殺了你。我用我的血發誓，我會殺了你！」

天黑的時候，勉生迎向從女子健身俱樂部走出來的鉤星。

她精神飽滿，看見勉生一點也不詫異，彷彿他們是約好的情人那樣。她小跑步的奔向勉生，勾住他的手臂。

勉生想掙脫，鉤星勾得更緊：「無明在看哪，我要讓他死心。」

勉生輕聲問：「接下來呢？」

「你跟我走。我把那些孩子還給你。」

「妳把孩子藏在哪裡？」

「先上車。我們看星星去！」

結果，鉤星帶他進入深深的森林裡，看見了她巨大的巢穴。架建在許多矮灌木叢上的巢，區隔出一格又一格空間，就像是一個又一個房間，每一間都亮著燈光，每一間都住著一個男孩子。

「讓我跟他們說晚安。」鉤星的聲音在他身邊響起。

卻已幻化為好幾個分身，同時出現在每一個房間裡，每個孩子看見她，都歡喜的熱情擁抱她，她如同母親那樣的輕輕拍撫他們，一個鉤星陪著一個孩子畫圖；一個鉤星幫著一個孩子換衣服；一個鉤星和孩子在窗邊看星星，他們說話的、嬉笑的、唸故事書的聲音，在叢林中此起彼落。其中也有宇凡和米佑，他們仰著頭用無比愛慕的眼光凝視著鉤星。

每一個鉤星親吻每一個孩子，送他們上床就寢，孩子們看起來結實健康，而且快樂。

勉生的感覺很複雜，他被這樣的景象莫名吸引，彷彿很想成為其中的一個孩子，彷彿可以住在這裡，由鉤星照顧著，是很幸福的事。

燈光一盞一盞慢慢熄滅，巢穴的輪廓愈不清晰，終於整個沉沒在黑暗中。

「因為不能生育，妳就偷竊別人的孩子？滿足想做母親的欲望？」勉生咬著牙，以為自己正中要害。

鉤星輕輕笑起來：「我並不想當母親。你不明白，成年人的愛不可靠，只有孩子的愛最純粹，最熱烈，全心全意。我要他們愛我，只愛我一個。」

勉生驚詫的看著她，這不是母愛，是戀人的痴纏。

「他們就是我蒐集的星星。每個孩子都是星星，發著亮光，那麼美麗。」

鉤星湊在勉生的耳際說，每一枚字都敲擊著他的耳垂，震動他的末梢神經。

「只要是染上了我的血，沒有一個要不到的。只有你，你是我鉤不到的星星。」

「為什麼選上我？」

「我也不知道，愈是要不到的，就愈想要。我為你受了傷，到現在還疼。

你家那個老太婆，找不著她的羽衣，沒法兒離開，她看著你好多年，讓我一點也沒機會。」

原來是因為太祖婆。

太祖婆失蹤之後，他遇見了鉤星。果然，這一切都不是巧合。

「其實，你也想要我的。你才七歲，就想跟我走的……那時候，我就知道，你是最完美的，能給我最獨特的愛情。」

一雙手臂，柔軟的纏上他的腰，一吋一吋往上移。

「你的祖先愛過羽衣娘。你也可以……」鉤星貼著他的後背，他緊繃的背部如同鋼鐵，卻能感受到那柔軟的肉體，緩緩遊移。

天氣好熱啊。樹林裡蒸騰著甜腥的氣味，許多厚葉植物吞吐著生殖的慾念，勉生有種被催眠的癱軟，同時，渾身又被激動的懸吊著。

聽見衣釦被解開的聲音，竟有些鬆弛感。

他躺在柔軟如席夢思的草地上，任由鉤星騎跨在他身上，她的腿盤住他，背上一雙翅膀，在亢奮中失序的振動掀拍，這景象迷亂了勉生，使他著了魔似的，不願停止。

他看見那雙羽翅的末端，有燒灼的灰白色痕跡，為的正是他啊。七歲時候的他，永不消逝的傷痕與記憶。他闔上眼睛，潮潮的憂傷。

當那個時刻來臨，他喊叫出聲，整個星空都傾倒了，星星嘩啦啦的跌下來。滿眼白花花的，其實是鉤星的毛羽，紛紛墜落。她仆倒在勉生胸前，嬌喘微微。

「我叫作杜勉生。」勉生順著她的髮，對她說。

鉤星笑起來，抬起頭吻了吻勉生的下巴：

「二十幾年前，你就跟我說過啦！」

「是嗎？」勉生也笑：「二十幾年前啊？」

「可不是，要等你長大，還真不容易呢。」

「我長大了。」他的手撫過她曲線分明的胴體：「而妳永遠年輕。」

「我把羽衣交給你，將來，你可得把羽衣還給我。我不想變成你的太祖婆！」

鉤星說著，一邊咬著手指笑。

「妳要跟我在一起？」

「我只想要你。」鉤星瀰溼的手指按住他的唇。

「不！」嘶啞的哭聲割裂了矮灌木叢，葛無明抱著一張薄被，大喊著：「妳不能跟他走！」

鉤星立時起身，她的表情恢復了淡漠與冷酷，面對著葛無明，看不出一點喜怒哀樂：「你都看見了！那也好。」

「為什麼？妳為什麼——」

「你永遠沒辦法得到的，他已經得到了。」

「沒有關係。我不在乎，我不想跟他比，只要妳不離開……」

「我是一定要跟他走的。」

「我都說我不在乎了。我不管妳跟誰做愛，也不管妳心裡愛誰，我只要妳在我身邊。我這麼在乎妳，我努力工作供養妳，為了妳我什麼都願意做！為什麼妳還要離開我？」

「離開你，是遲早的事，你心裡明白的。」鉤星的話語中，沒有一點情感。

葛無明的臉色更難看了，他那哭泣的臉抽搐著：「既然如此，妳當初為什麼帶我走？為什麼？」

他打開手中的一方舊被子，上面仍可以看見那塊圓圓的血漬：「這不是妳的血嗎？這不是妳的血嗎？」

葛無明癲狂的拿出打火機，點火，火舌貪婪的，迅速席捲整張被子。

啊——啊——

灌木叢成了地獄，著火的被子撲向鉤星，鉤星的衣裳、頭髮和翅膀，劇烈的焚燒起來，她跌跌撞撞的轉圈圈，乾燥的樹林隨之火焰四起。

葛無明從驚駭中回神，立即衝向鉤星，想用自己的身體為她滅火。他被火焰吸去，惡狠狠的吞噬，分不清是葛無明的尖叫還是火焰。

勉生被那沖天的火焰燻得睜不開眼睛，他一點也不能靠近，感覺自己的皮膚正在銷融。

他聽見孩子哭叫起來的聲音，轉身往巢穴的方向跑，那幾個孩子從睡夢中醒來，在濃煙中東奔西跑。勉生抓住一個孩子，大聲問：「你叫什麼名字？」

「我叫宇凡！」男孩哭著：「救救我！救我！我要回家！」

整座灌木叢都燒光了，警方去搜查，只看見一個男性焦屍，應該是葛無明。

「好像死了不少鳥呢。」雄哥對勉生說：「有一大堆燒焦的羽毛。」

Amy 生了一個男孩，勉生和一群同事去醫院探望。

「還好你破了案，不然，我還真不敢生孩子呢。」Amy 笑著對勉生說。

「沒想到竟然是個男人，還是個有名的律師，這個社會真是太變態了。」雄哥在一旁說。

勉生只是微笑著，始終沒有說話。

「怪不得我驗不出那種血液，原來是姓葛的搞的鬼。」Amy 有種如釋重負的自在。

走出醫院，天已經黑了。雄哥一群人提議要去喝一杯，攬著勉生一起去。

「去頂樓那家PUB?不然不去。」勉生說。

「行啊!」雄哥拍拍他:「那裡有什麼好?你要去就去囉!」

勉生每次到頂樓PUB,總是拿一杯酒,獨自站在陽台上,看著滿天星星,一低頭,便是深深的峽谷。

有時候,他平張雙臂,站在邊緣,彷彿擁有某種神祕的飛行技藝,下一刻就要飛走的樣子。

看起來那麼危險,又那麼安穩自在。

姑獲鳥夜飛晝藏，蓋鬼神類。衣毛為飛鳥，脫毛為女人。一名天帝少女，一名夜行遊女，一名鉤星，一名隱飛。鳥無子，喜取人子養之，以為子。今時小兒之衣不欲夜露者，為此物愛以血點其衣為誌，即取小兒也。故世人名為鬼鳥，荊州為多。昔豫章男子，見田中有六、七女人，不知是鳥，匍匐往，先得其毛衣，取藏之，即往就諸鳥。諸鳥各去就毛衣，衣之飛去。一鳥獨不得去，男子取以為婦。生三女。其母後使女問父，知衣在積稻下，得之，衣而飛去。後以衣迎三女，三女兒得衣亦飛去。

——晉・郭璞《玄中記》

◆◆妖物答客問◆◆

問（小獸）：

〈星星傾巢，而出的夏日〉葛無明知道自己不斷在討好鉤星，但他無法停止。請問老師怎麼看待（分辨）一個人的行為是為愛付出，還是討好呢？

在文中兩次杜勉生忍不住被鉤星吸引吐露自己姓名的同時，都感覺到憂傷，請問老師是不是暗示著愛與憂傷是並存的？

答（曼娟）：

當我們很愛一個人的時候，免不了會想要討好，因為愛人的快樂便是這世上最珍貴的寶物。當我們不再討好，甚至不關心對方快不快樂，說明了愛已不值一提。羽衣娘執著於蒐集別人的孩子，並不是因為她自己不能生育，而是因為她執迷於孩子既純粹又絕對的，對於大人的愛戀。孩子愛戀著父母，而父母並不在意這樣的真摯情感，有時會給孩子帶來創傷。

葛無明是個悲劇人物，他原本就是個替代品，不管他做得多好，付出多少，在鉤星的心裡都無足輕重。但他愛的若是別人，是珍惜他的人，他的故事將會改寫。

愛與憂傷是並存的嗎？我覺得是的。當我們很愛一個人的時候，除了甜蜜，也會感到淡淡的憂傷。因為離別終究會來，不管多麼相愛，還是要分開。

卷六 永夜的奔馳

萱兒翻身站起來，
黑亮的圓眼珠牢牢盯住馬，
她站在馬前，顯得更加矮小，
但，她一點也不畏懼。
白馬原地踱步，吐著氣息，
萱兒發現白馬的眼珠子是銀灰色的，
閃亮閃亮，漾著奇異的水光。

——馬男

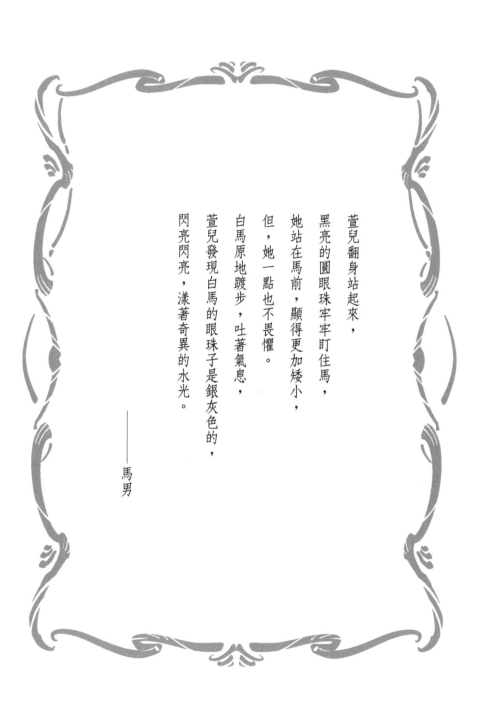

「說來說去，都怪這孩子從小沒娘……」已經過了許多年，羅浮村的人提起這樁奇事，仍要從這一點開始說。帶著惋惜和憐憫，說一個悲傷的故事。

然而，故事裡的主角萱兒，卻從不覺得自己是個沒娘的，可憐的孩子。事實上，她是個快樂的女孩，看見鳥便和鳥說話，看見蝴蝶就和蝴蝶談心，看見水裡的魚也能攀談一陣子。人們都記得，她還是個黃毛小丫頭的某一天，和父親一起趕集，有隻黃鸝鳥正好從她頭上飛過，「啾」了一聲，她扭頭應著：「怎麼？」那隻鳥竟然停在枝頭，嘰嘰喳喳，振著翅膀鳴叫一大串。萱兒專注的聽著，格格的笑起來：「這笑話不錯，可是，比起上次的還差一點。」

旁人看得瞠目結舌，萱兒的父親倒是看得很等閒：「小孩子都是這樣的，長大就好了。」

「可憐啊。」旁人於是說：「沒娘的孩子太寂寞了。」

萱兒並不理會，鼓著紅撲撲的臉蛋，蹲在地上玩蝸牛了。

她並不真是沒人照顧的，她的爹對她百依百順，簡直當她是稀世珍寶，從小連拍個灰塵都怕下手重了。並且，自從萱兒的娘過世，萱兒的爹可沒閒著，每過段時日，就帶一個女人回家，幫他們煮飯洗衣，還幫萱兒洗澡。

這些女人，爹一律叫她們「娘兒們」，他命萱兒管她們都叫「姨娘」。姨娘為什麼對爹如此柔順？小萱兒不明白，可是，她喜歡女人身上的暖香，臉上的粉香，髮鬢的花香。每個女人離開的時候，萱兒都捨不得，她問過爹，她們為什麼要走？為什麼不留下來，永遠住在一起？

「時候到了，自然要走的。妳娘，不也離開我們了？」爹是這樣回答的。

那是不一樣的。她心裡知道，娘是死了，姨娘是離開了。根本是不一樣的。可是，看見爹的雙眼被憂傷霧翳遮掩，她便不再發問了。

萱兒一直懵懵懂懂的，她爹總管她叫「傻丫頭」。

這狀況在她十三歲那年，忽然改變了。

那是個尋常的秋日早晨，萱兒剛睡醒，還在刷牙呢，一嘴的泡沫，像隻螃蟹似的。幾個年輕的馴馬師衝進了她家院子，一邊大喊著：「教頭！教頭——」

萱兒吐掉了嘴裡的白泡沫，一抹嘴，便攔住他們：「我爹還沒起床。」

「出事了！小萱兒。快叫妳爹。」馬師看起來真的急了。

萱兒的父親祁教頭邁著大步走出來，一邊套上一件衣服，一邊回頭對身後的女人交代：「別等我，妳們倆先吃吧。」

「有匹野馬，誰也馴不住，已經把二師哥摔倒了。」年輕馬師迎上來，爭著報告。

羅浮山上產良馬，羅浮村裡有半數人家是以馴馬養馬為業的，祁教頭的技藝最精純，村裡的馴馬師都是他的弟子。

幾個馬師簇擁著教頭上馬，準備出發了。萱兒不知何時已套上了靴子，穿好背心，嚷嚷著：「爹爹！帶我去。」她與祁教頭差不多同時上馬，緊緊摟住父親的腰。

馬匹馳騁而去的時候，祁教頭大笑：「我被牛皮糖黏住啦。」

羅浮山腳下有一大片平原，青草芳鮮，溪水甜美，村民把馴養的馬匹圈在這裡，成為一個天然牧場。時常，山上的野馬會下山覓食或交配，那就是馬師

們馴服良馬的好時機。

祁教頭他們到達馬場的時候，受傷的馬師已經甦醒過來了。

萱兒滑下馬背，立即爬上欄杆，張望那匹瘋狂奔馳的白馬。場子裡還有兩三個馬師，跑馬燈似的，圍著白馬吆喝，一邊揮動馬鞭，有的試圖將索套甩出去，只是，他們看起來毫無辦法。萱兒自小看過的馬匹不計其數，可是，她沒見過這樣的骨架，這匹馬的身架子比較高，腿特別長，牠每一次落蹄，都刨起一片草叢，而牠的鬃毛飄飛在空中，如此美麗的線條。

「牠鬼得很，已經拐走我們兩匹母馬，今天又來拐了。那些小母馬見了牠就沒了魂……」一旁的馬師對祁教頭報告。

「叫其他人出來！白費力氣。」祁教頭低低的吩咐。

年輕馬師全退出場子，原本的喧囂也安靜下來，只剩下馬蹄聲。

祁教頭伸展雙臂，骨節彷彿甦醒過來，發出喀啦幾聲。看著父親走進場子裡，萱兒下意識的把纏在手腕上的牛皮筋鬆開來，繫住自己的頭髮，高高的束起，馬尾的形狀。她緊緊握住拳頭，指甲嵌陷在手心。

白馬已經停住，明明經過那麼劇烈的活動，牠竟然一點喘息都沒有，傲然的，靜立在場中，注視著祁教頭。

嚇——祁教頭發出一聲呼哨，悠長的迴盪著。他小心謹慎的，走得更近一些。

白馬沒有退後，沒有移動，只是專注的看著面前的人。

萱兒忽然覺得，父親並不是在馴服一匹馬，而是在與一個武林高手對峙。她從欄杆跳下，跑到一個更近的位置，想看得更清楚。而她的父親已經出手了，一衝、一俯、一觸，都落了空。

白馬以一種匪夷所思的速度移了位。

祁教頭差點滑倒，場外的人都發出驚嘆聲。

萱兒看見父親轉過頭，面色如土。這是一個挫敗，更是一次羞辱。奇異的是，萱兒看見白馬的眼神，竟帶著些許揶揄的嘲謔。

祁教頭往場邊走來，馬師遞上了繩索和帶刺的長鞭：

「教頭！馴不了，就宰了。不能再讓牠作怪！」

「爹啊！」萱兒扯住父親：「放牠走吧……」

祁教頭沒有回應，他拍了拍萱兒的手，萱兒感覺到父親的決心與憤怒。

嚇——祁教頭發出尖銳的呼哨，揚起刺鞭朝白馬的頭上揮去，白馬的前腿高高抬起，像陣旋風，翻倒了祁教頭，牠退後一步，嘶鳴著，踏向倒在地上的教頭。這一切都發生得太快，快到眾人連喊都來不及喊，更別說是救了。

「去——」萱兒像顆球似的，滾到父親身上，一邊喊著，一邊抬起手臂，攔住白馬。

誰都沒有看清，她怎麼能這麼快？誰都沒有想到，她哪來這樣的膽？馬蹄眼看就要落在萱兒的馬尾巴上了，卻猛然收了勢。

白馬停住攻勢，後退兩步。萱兒翻身站起來，黑亮的圓眼珠牢牢盯住馬，她站在馬前，顯得更加矮小，但，她一點也不畏懼。

白馬原地踱步，吐著氣息，萱兒發現白馬的眼珠子是銀灰色的，閃亮閃亮，漾著奇異的水光。

「萱兒。」祁教頭半蹲著，握住女兒一隻手臂：「妳快走。」

「我不怕牠。我不怕……」萱兒上前一步，對白馬說：「你走吧。別再來了，回山上去……去啊！」她輕輕的說著，如同耳語。

白馬的尾巴甩了甩，依舊注視著萱兒。萱兒從牠的大眼睛裡，看見了投射瞳仁中的自己，小小的臉孔，高高的髮束，倔強的雙眼和嘴唇。

白馬吐出一口氣，垂下頸子，挨近萱兒，她僵立著不敢動。全場響起了如雷的掌聲，白馬向小萱兒臣服了，心悅誠服。祁教頭一把將女兒摟在懷裡，萱兒可以感覺到父親激動的戰慄，可是，她仍不敢相信。她只想阻止父親受傷害，她從沒想過要馴服這匹馬。

「牠是妳的了。」教頭對女兒說，對全場圍觀的村人喊：「這是咱們家傻丫頭的馬！一匹好馬！」

一匹好馬，一匹好馬。

從沒有失眠過的萱兒，那天夜裡輾轉反側，難以眠夢。她不斷看見白馬繞著場子跑；看見牠憤怒的抬起前蹄，一會兒又是父親喝醉了漲紅的臉，他和一群馬師飲酒，大家舉杯跟他致賀：「教頭有了衣缽傳人啦！」祁教頭更盡一杯

酒，呵呵呵，什麼都沒說。萱兒感覺到父親並不是很開心，可她不明白為什麼不開心？

她翻個身，看見白馬越過欄柵，奔馳飛天，在遼闊的夜空上，像一顆流星似的。又看見白馬渡溪，水流湍急，將牠吞沒。

她跳起身子，扯件罩衫便跑出房門，她赤著腳往屋外跑，小小的腳掌踩在黑色的土地上，馬廄空空如也。

馬跑掉了。她的心重重一沉，沮喪得想哭。

第一匹屬於她的馬，第一次向她臣服的馬，離開了。

她緩緩走回房，忽然，聽見一種奇怪的聲音，像是水聲，又像是人在講話，一種滯重的壓抑的聲音。是從父親房裡傳出來的，她正經過窗外，兩扇窗沒有關緊，有個小小的縫隙。她踮起腳尖，好奇的往裡看。

她首先看見坐在澡盆裡的父親，然後看見在澡盆外替父親按摩的姨娘，這位胭脂姨娘跟著父親的時間最久，她的衣裳沒穿整齊，鬆鬆的露出了渾圓的肩膀。父親看起來酒已經醒了，臉上卻煥發著另一種迷醉的神情，像是魂給什麼勾了去似的。他伸展手臂，扣住胭脂的脖子，仰頭親吻了她。

撲通！萱兒聽見心跳聲鼓動著耳膜。她知道自己應該離開，卻像著了魔似的，一吋也不能移動。

祁教頭的大手掌握住胭脂的胸，那一瞬間，萱兒聽見了低抑的呻吟，她的腿軟了，往後退兩步，撞到了什麼東西，驚得一轉身，竟是白馬。白馬的眼睛注視著她，體貼的、瞭解的，彷彿明白一切。

她的身子一撐，跳上馬背，輕聲說：「我們走。」

白馬迅捷而輕盈，一轉眼，他們已經離開家，到了草原。

萱兒俯身與馬背貼合，她的腿壓著馬肚子，可以感受到奔馳時筋肉的收縮與擴放，她揮不去那些印象，父親手上的水淋溼了胭脂的紅裙；胭脂在父親的撫弄下抬起下巴迷離的媚態。萱兒把雙腿夾得更緊，在馬兒的奔跑中，風切割著她的臉龐，她喘息著，有些吃力，可是，她不想停下來，她想就這樣一直不停的跑下去。

天亮的時候，萱兒在痛楚中醒來，她按著自己的肚子，不明白發生了什麼事？她坐起身，看見蓆上的血跡，以為自己受傷了，嚇得哭起來。

那是萱兒的初潮。

胭脂把萱兒照顧得很好，她告訴萱兒：「妳是個女人了，不再是小孩子了，再過幾年，就要找個合意的男人，跟他結婚，生兒育女……」

「姨娘。妳為什麼不跟我爹結婚？跟他生兒育女？」

「妳爹啊，是匹野馬，哪個女人馴得了他？」胭脂說得有些無奈，也有些豁達。

萱兒卻忽然想到「追風」，她把白馬叫作追風，那是她馴服的一匹野馬。想到追風，她就有種微妙窩心的情緒，甜甜的，私密的。追風不讓任何人騎乘，連祁教頭也不行，牠讓萱兒獨占牠。萱兒有個好姐妹，是布莊的絲絲，她們年齡相仿，常玩在一起，絲絲好幾次試著想騎上追風，都沒能如願，只有萱兒帶著她騎，追風才肯讓她上馬。

「這隻牲畜真奇怪！」絲絲懊惱的抱怨。

「追風不是牲畜，牠很通人性的，我不准妳說牠是牲畜！」

「我聽人說，牠很能誘拐小母馬的，妳啊，別變成小母馬，被牠拐跑啦！」

「妳才是小母馬呢！」萱兒搔絲絲的癢：「妳等著阿明馬師馴服妳呢！」

「妳瞎說！」絲絲追著萱兒打：「我要看看妳的舌頭有多長——」

追風，是我一個人的。這想法讓萱兒很快樂。

萱兒是羅浮村跑得最快的女孩，她最大的樂趣，就是和追風賽跑。她的臉跑得紅撲撲的，實在趕不上追風，就假裝暈倒，追風轉回來看，她動也不動，追風走得很近了，她一翻身，騎上牠的背，發出勝利的笑聲。

「追風！你怎麼這麼傻？這麼容易上當啊？」她附在追風耳畔說。

追風的頭微微側轉，萱兒微笑著：

「我知道，你是故意上當的，對嗎？可你還是傻！你被我養在家裡就是傻了，你原本是自由自在的啊。」

「你的家在哪裡？在山上嗎？你想回家去嗎？」

追風在溪邊停下來，低頭喝了幾口水，萱兒注意到，溪水變得很淺，底部

的石頭都露出來了。她也想到，已經有半年沒下過雨了。

「再不下雨，可就要鬧旱災了。」萱兒捧起溪水啜一口。

追風從她身後伸長脖子，溫柔的磨蹭著她的臉頰。

「不會的，旱災不會來……」她知道追風在安慰她，她拍拍牠的臉。

一陣焦熱的風從遠方吹來，旱災還是來了。

草都乾枯了，馬匹缺水又缺糧，病的病，死的死。萱兒愈發覺得追風有些不同，牠喝的水很少，吃的草也很少，可是，牠依然健旺。

祁教頭應聘到遠處的一個馬會，去幫忙馴馬，調教賽馬，他對萱兒說：

「萱兒大啦，再過兩年該嫁人了，爹得多賺點錢，幫妳辦好嫁妝。」

「我才不嫁，我還小呢。」

「十六歲啦，快十七了，還小？」

「我反正不嫁。爹，你別去吧，別丟下我……」

「有姨娘陪妳呢，怕什麼？爹過段時間就回來。」

祁教頭啟程了，留下一口井，和一個女人，與萱兒作伴。

過不了一個月，胭脂收拾了一個包袱，跟萱兒告別。

「我真離不開他。我不知道怎麼過下去，我得去找他，妳一個人，可以嗎？如果妳沒辦法一個人，我就不走。我答應過他，要好好照顧妳的。」

萱兒沒見過胭脂這樣焦慮的樣子，她的手緊緊攢著布包，眉頭揪在一起。

「我沒事的。我要是有事，就去找絲絲。況且，追風也會陪著我的。妳放心，去找我爹吧。」

「萱兒。」胭脂捧住她的臉，感激的：「謝謝妳。將來，妳會明白這種事，真的是……妳會明白的。」

萱兒送胭脂出村子，依依不捨的，她騎著追風，直到再看不見胭脂的身影。那一刻，她忽然感到孤獨，只剩下她自己一個人了。

那夜，她沒有回房去睡，而待在馬廄裡。用乾草替自己厚厚的鋪了張床，她把長辮子解開來，用一把牛骨梳，細細的將長髮梳通，她的長頭髮柔順的披掛下來，遮住微微隆起的胸部。她每晚睡前，都要把束胸解下來，被壓抑的雙乳才能舒展開。

她隔著衣服，除下束胸，深深吸一口氣，往後一仰，就睡倒在乾草床上。這是她頭一回的獨居經驗，她努力讓自己感到安心，閉著眼，哼著歌，哄自己入眠。她一首接一首的哼唱著，有些是胭脂教給她的，有些是和絲絲那些年輕女孩學著唱的。她一邊唱著，睡意爬上來，音調遲滯了。她將睡而未睡，感覺到一個陰影籠罩過來，睜開眼，一個男人撐著雙臂，正俯望著她。

她閉上眼，再睜開，追風的頭在她面前晃了晃。她忍不住笑了，摸摸追風的長臉：「我還以為是……真好笑。」

因為知道追風一直會在身邊，萱兒的獨居生活並不太困難。

村子裡的旱災愈來愈嚴重，如果井可以搬走，萱兒家的水井早就不翼而飛了。村裡的人依照祖先習俗，舉辦祈雨儀式，他們把所有的乾草料集中在馬場裡，堆成了一座城堡，等著良辰吉時，準備點火焚燒，祭祀雨神。

乾草城堡搭起來，最興奮的就是小孩子，那裡變成他們的遊戲場。萱兒和絲絲這些半大的孩子也來捉迷藏，玩得好開心。萱兒爬到高處，想要從這一堆乾草頂上跨到另一堆乾草頂上，她一腳踩下去，發現不對勁，腳下是空的，可是，她已經收不回來了，筆直的往下栽，撞擊力讓她昏厥過去。

絲絲她們幾個女孩子找不到萱兒，以為她回家去了，而良辰吉時將到，所有的大小孩子都被驅趕出來。祭司帶著一群壯丁，舉著火把，唸一些祭文，第一支火把投進乾草中，像是開出一朵豔麗的花，火焰熊熊燃燒起來。更多的火把投進乾草堆，煙氣燻得人睜不開眼，外圍都已經是一片火海了，卻聽見女人尖銳的哭喊聲。隱約可以見到在火焰中慌亂求救的身影，大家都注意到了。

「萱兒啊！是萱兒——」絲絲跳起來嚷：「救救萱兒！誰來救她——救命啊！」

幾個年輕的馬師試圖要進入火海救人，卻沒能成功，煙氣和火焰把他們隔絕在外。大家都騷動著，有人建議先滅火，救人要緊，可是，乾旱時期去哪裡找水來滅火？一陣風過，火勢更旺，絲絲和其他的女人急得哭起來，這下沒救了，救不了了。

得得得……追風自遠方奔馳而來，從眾人頭頂一躍而過，落進火場。不過幾秒鐘，牠又從火場一躍而出，大家都看見，萱兒在牠背上。追風一路往羅浮

山奔跑而去，消失了蹤影。

天空墨黑，像是被煙氣和火焰烤焦了似的。霹靂一聲，爆起響雷，豆大的雨滴落下來。

萱兒做了場冗長的夢，在夢中，她忽而被火焰燒灼，忽而浸泡在冰涼的水中，她有時被人抱起，有時又孤獨的躺著，她很想醒來，卻醒不過來。她在夢中，嗅到潮溼的雨水的氣息，啊，下雨了。

她先聽見嘩啦啦的水聲，感覺到一些細細的、清涼的水沫子淋在臉上，然後，她才醒過來。

她躺在柔軟的草地上，身上蓋著巨大的芋葉，不遠處是個小瀑布，水聲是從那兒傳來的。她記起來，自己摔了一跤，接著是火，四面八方的火焰把她包圍住，她大喊大叫，闖不出去，再接著，是追風……追風呢？

當她坐起來，一個高大的男人在她身邊俯低。

「妳醒了？哪裡不舒服？」

男人的臉孔線條堅毅，望著她的時候，卻很柔和。這男人有一雙銀灰色的眼睛，銀白色披肩的頭髮，寬闊的肩膀，結實的身軀。萱兒盯著他看，一時之間，移不開目光。這男人和她以往見過的都不同，與她父親不同，與村子裡的馬師都不同。男人在她的注視下微笑了：

「別怕。我不會傷害妳的。」

「我……」她這才收回目光：「我的馬呢？」

男人笑意更深，湊近她，輕聲如同耳語：「在這裡。」

說著，男人的臉貼上萱兒的臉，輕輕磨蹭著。

萱兒大大一震，張開嘴來喘息，睜圓了眼睛，一動也不能動。

「我在這裡。」男人注視著萱兒，對她說。

萱兒伸出手，觸碰他的臉孔，這確實是一個男人的皮肉肌膚；她的手滑到他的肩膀與手臂，這確實是一個男人的骨骼軀幹，他是一個活生生的男人。

「追風。」萱兒的淚在眼中成形，撲簌簌滾下面頰。

「不哭。乖，沒事了。我是追風，我是妳的追風。」追風安慰她，為她拭去淚水。

「怎麼會……為什麼……」她語無倫次。

「妳不喜歡我現在的樣子？」

萱兒搖頭，破涕為笑：

「怎麼會不喜歡？只是……不太習慣。」

追風這樣牢牢盯著她看，一瞬也不瞬的，讓她忽然覺得很羞澀，這樣的感覺是從來不曾有過的。

「來！」追風站起身，伸手拉起她：「帶妳看看我的家，妳不是總叫我回到山上來？這就是我的家了。」

萱兒看見了一片豐美的草原，草原旁邊環繞的林木，這是個幽靜隱密的地方，宛如仙境。

「這麼好的地方，你怎麼捨得離開啊？」萱兒對他說。

「我從沒想過要離開。」他的手握住萱兒的手，溫暖的，飽含情感的：「直到我遇見一個小女孩，我得留在她身邊，等著她長大。」

「我長大了，你要離開我了，對不對？你要丟下我了……」她的淚又上來了，把追風握得更緊。

「丟下妳？」追風鬆開手，擁抱住萱兒，他嘆息的：「我真希望我可以，我希望我能離開妳，可是我做不到。」

「不要離開我。追風，我不要失去你。我想跟你在一起，不管你是馬，還是人，我都要你。」萱兒用力摟緊追風，恨不得嵌進他的身體裡。

「妳說什麼？」

「我說我要你。」

追風動情的，抱起萱兒，萱兒雙腿跨在他的腰上，他們眼光相對，緊緊糾纏，他低下頭，尋到她的唇，輕輕的點觸一下，萱兒閉上雙眼，眼睫顫動，追風禁不住深深親吻她。萱兒感覺下半身幾乎要融化了，上半身卻異常敏銳，沒有束住的胸部，貼著追風緊實的胸膛，她聽見一種奇異的低吟聲，竟是發自她自己的。

她想起那一夜，在窗邊窺見的父親和胭脂，她的頭往後仰，如同胭脂那樣。她拉著追風的手，放在自己的胸上，追風扯下她的上衣，將臉埋在她的雙

乳之間，無限溫存的磨蹭著。

他始終沒有放下她，讓她跨在腰上，他緩緩動作著，與她結合。她聽絲絲她們偷偷說過，會有多麼疼痛，可是，他並沒有帶給她什麼痛楚，只有歡愉。她全身汗溼，追風也是，有好幾次極樂的瞬間，她都以為自己會滑落，而他總能好好的抱住她，將她推向另一個巔峰。

他的髮上綴著汗珠，在月光下閃閃發亮，如同水晶鍊子一般。他的喘息聲，與風聲融合，將她一層層裹覆，成為一枚繭子。

萱兒在山上幾乎是全裸的，她站在岸邊，看著自己窄窄的腰肢，將小拇指尖放進凹陷的肚臍裡，她的手掌輕輕托住雙乳，對稱的、豐滿的，微細血管的脈絡彷彿也能看得見，左邊心臟的部位，隱隱躍動。這是一個因為追風而開啟的女體。只要想到追風，他便無聲無息在身後出現，環住她的腰，貼向他的身體，他那具因她而起變化的身體。

她真希望就這樣過下去，與追風在一起。可是，她想念父親，也想家，追風答應帶她回家去。他們也約定好，只要再看見父親，知道他一切安好，萱兒便與追風重返羅浮山，永遠在一起。

距離那場火，已經超過一個月了，羅浮村的旱象已經解除，綠草冒出頭來，馬場上跑著幾匹馬。馴馬師看見萱兒騎在馬上出現，驚訝到連馬鞭都拿不住了。很快的，全村的人都知道萱兒回來了，絲絲的辮子才編好一半，向萱兒衝過來，又哭又笑，不可遏抑：「妳回來了！我們都以為妳死了，妳爹還上山去找過妳，妳沒事！太好了，妳沒事——」

萱兒撫拍著絲絲，一抬頭，看見了祁教頭，她的爹爹好像忽然老了十歲，鬢鬚皆白，連背都有些駝了。

「爹爹！」萱兒喚一聲，語氣中有著新嫁娘的羞澀。

祁教頭一句話也說不出來，把萱兒抱了個滿懷，沉沉的哭出來。

祁教頭因為萱兒出事，趕走了胭脂，可是，胭脂並不走，住在羅浮村裡替人打零工。聽見萱兒回家的消息，她也趕著來了。

「妳到哪裡去了？到底發生了什麼事？」胭脂仔細打量著萱兒，明顯感覺到一些不同。她的眼光掠過追風：「都是追風跟妳在一起嗎？」

萱兒沒有回答，她不能回答。

那天夜裡，萱兒很懇切的請求父親：「胭脂姨娘對爹爹真的情深意重，您趕她，她都不離開，您讓她回來吧，回到家裡來吧。」

「萱兒。聽見妳出事的消息，我整個人都瘋掉了，如果她沒離開，就不會發生這樣的事。」

「這不干姨娘的事，這都是命定的。讓她回來吧，她回來照顧爹爹，我才能安心……」

祁教頭笑起來：「妳趕快找個婆家嫁出去，我才能安心呢。」

「爹。我不嫁。您別為我操心。」

「萱兒。」祁教頭的笑容收斂，他的面頰緊繃：「妳告訴爹，這幾十天的時間，妳到底在哪裡？同什麼人在一起？發生了什麼事？」

「追風救我出火場，我昏迷了一段時間，然後又……迷了路……」她把眼光轉開，為什麼爹爹的雙眼如此銳利？她只好逃開。

她沒有回房，而是到了馬廄裡去。追風靜靜的等待著她，以馬的形體，為了不露出破綻，追風告訴過她，這樣比較安全。她蜷進追風暖暖的馬肚子，想像著追風溫柔的懷抱著她。她在安全的擁抱中睡去，卻在暴怒的呼喝中驚醒。

「妳在幹什麼？不像話！真是太不像話了！」祁教頭看見萱兒與追風睡在一起，宛如愛侶，簡直是暴跳如雷：「畜生！我早該宰了這個畜生。」

「爹！」萱兒連忙爬起身：「我覺得屋裡太熱，才到馬廄這裡來的，一不小心就睡著了……」

「妳知不知道外面說得多難聽？說我馴馬馴了一輩子，我的女兒竟讓一匹野馬給拐走了！妳知不知道？」

「為什麼要聽人家說什麼？我只知道是追風救了我，牠是我的救命恩人。」

「萱兒！自小我太寵妳，寵得妳任性！可是，很多事是任性不得的，妳明白嗎？」

萱兒去找胭脂，請求她回到父親身邊去。

「我知道他希望妳回去，只是拉不下臉求妳。都是我不好，讓妳受了許多

苦，姨娘，妳說過我爹是匹野馬，可是，野馬也會老的，我爹他需要妳，他現在需要妳，他以後更需要妳。」

「萱兒。妳真的不一樣了，不再是個小女孩了。」

「是啊。我明白了許多事，像是感情這種事。如果愛著一個人，什麼都不懼怕了，水裡火裡都能去……只要和他在一起，就好。」

「妳戀愛了？是不是？」

萱兒咬住嘴唇，沒有回答，只是垂下眼瞼，抑不住的笑意從眼角流瀉而下。

胭脂第二天就回到了祁教頭家，萱兒很開心，她跑到馬廄裡對追風說：「再等幾天，我們就離開，我們回到羅浮山去。好嗎？」

再過幾天，絲絲就要出嫁了，如願以償的嫁給心上人阿明馬師。萱兒知道自己永遠不能披上婚嫁衣裳，她想看著好姐妹出嫁，然後，她就把自己嫁給追風。

天剛顯出鴨蛋殼的顏色，胭脂就來敲萱兒的門，說是要一起去布莊幫絲絲裁製新嫁娘的衣裳。萱兒說她的針線活兒完全不靈光，拿根針像棒錘。胭脂說重要的是心意，她負責縫製，萱兒當個副手就好。她們匆匆忙忙出了門，說是等到太陽升高了就不好了。萱兒一起床就要去找追風的，胭脂攔住她，等中午回來再去見吧，還怕牠跑了嗎？

走出門，萱兒回頭，看見好幾個馬師集合在她家庭院裡，不知商議著什麼事。她覺得古怪，也不明白為什麼這麼急著出門。

布莊裡燈火通亮，絲絲坐著，看起來有點呆氣。布莊老闆、老闆娘的招呼又太熱切了些。

「妳怎麼啦？新娘子！樂昏啦？怎麼呆頭呆腦的？」萱兒像往常一樣逗絲絲。

「我頭疼。」絲絲說起話來悶悶的。

胭脂嫻熟的為絲絲量身，萱兒總覺得絲絲每次轉身都偷偷打量著她，好像有什麼事要說。

胭脂扯了一匹布料，做了幾個記號，布匹飄飛到萱兒面前。

「幫我裁開吧。」

那一匹鮮紅的料子，濃洌的鮮血的腥味，直衝鼻管。她幾乎窒息。

剪刀已經握在手裡了，萱兒忽然止不住的顫抖，她喘息著：「我要回家。」話還沒說完，已經到了門邊，門是扣鎖住的，推不開。她轉身對著幾個驚惶的，不知所措的人：「為什麼？為什麼鎖著我？」

絲絲的眼淚滾滾落下。

「妳告訴我，絲絲。妳告訴我，他們想做什麼？」

「追風。」絲絲哭出聲來：「他們要宰了追風！」

「不可以——」萱兒的眼眶幾乎撐裂：「我們生死與共，牠如果死了，我也不活！」

「萱兒！妳是不是失心瘋啦？那是一匹馬！那是隻畜生！」胭脂上前想安撫她。

萱兒把剪刀對著頸子上的動脈，高高仰起頭：「我知道牠活不成了，我現在就死。」

「我帶妳走。」絲絲衝上前，拉著萱兒往布莊後門跑。

萱兒迅捷往前衝，遠遠超越絲絲，她的心跳震動著太陽穴，整個人快要爆裂開來。

太陽應該已經升起了，天為什麼這麼黑，眼前的路看不清，萱兒的聽覺卻異常敏銳。她聽見許多男人的吶喊聲，她聽見馬蹄聲，她正在接近一個古戰場，殘酷的、血腥的、野蠻的，幽靈戰場。

「追風！」她大聲叫，像個盲人似的狂喊：「追風——」

眼前忽然亮了。

從遠方出現的，是她的追風，雪白的馬匹上流滿鮮血，每一次揚蹄，就憤怒的刨起一塊土地。

萱兒不假思索，一躍而上，她的雙腿立即被熱熱的血液裹住。

「帶我走。」萱兒在追風的耳邊輕輕的說：「帶我回你的家去……」

追風帶著萱兒奮力奔馳，萱兒的淚被風吹進鬢髮裡，她俯下身，感覺著自己與追風合而為一，永遠都不再分開了。

那天很特別，太陽一直沒有高升，天沉沉的黑著，彷彿，永不黎明。

舊說：太古之時，有大人遠征，家無餘人，唯有一女。牡馬一匹，女親養之。窮居幽處，思念其父，乃戲馬曰：「爾能為我迎得父還，吾將嫁汝。」馬既承此言，乃絕韁而去。徑至父所。父見馬，驚喜，因取而乘之。馬望所自來，悲鳴不已。父曰：「此馬無事如此，我家得無有故乎！」亟乘以歸。為畜生有非常之情，故厚加芻養。馬不肯食。每見女出入，輒喜怒奮擊，如此非一。父怪之，密以問女，女具以告父：「必為是故。」父曰：「勿言。恐辱家門，且莫出入。」於是伏弩射殺之，暴皮於庭。父行，女以鄰女於皮所戲，以足蹙之曰：「汝是畜生，而欲取人為婦耶！招此屠剝，如何自苦！」言未及竟，馬皮蹶然而起，卷女以行。鄰女忙怕，不敢救之，走告其父。父還求索，已出失之。後經數日，得於大樹枝間，女及馬皮，盡化為蠶，而績於樹上。其繭綸理厚大，異於常蠶。鄰婦取而養之。其收數倍。因名其樹曰桑。桑者，喪也。由斯百姓競種之，今世所養是也。言桑蠶者，是古蠶之餘類也。

——晉・干寶《搜神記》

◆◆妖物答客問◆◆

問（Amanda Lin）：

馬男，最終萱兒和追風相守了，卻有種淡淡的哀愁，或許是得不到父親和村人的祝福吧～

許多童話故事中有類似的，但動物都是被暫時下魔法的王子，想問，如果追風其實也是被施咒的王子，那結局是否大反轉？父親和村民們會引以為榮，覺得是如意郎君。所以許多人看重的或許不是感情的真，而是外在或條件？

答（曼娟）：

感情當然是有條件的，所謂「看得順眼」，也是一種條件。

西方的童話故事中，有許多王子被魔咒變為怪物，而後因為一個善良女孩的愛，拯救他恢復人形。馬男的故事卻不是這樣的，看起來女孩對馬男確實有感情，馬男對女孩的情感更為炙烈。他們眼中沒有物種，唯有摯愛。

雖然我們都知道愛情就只是兩個人的事，卻免不了期待可以獲得他人的祝福。有時候我想，如果兩個人的愛情夠堅定，那就已經是一個圓滿的世界了，又何必一定要得到其他人的肯定與祝福呢？

卷七 尾巴的誕生

她穿著錦緞一般的衣裳，
款款的，向他飄浮而至。
那確實是一張美豔絕倫的容顏，
閃動著紫色星光的眸子與他的眼眸對望，
一點也不生怯。

——人魚

寄養一隻妖

他咬緊牙，閉住氣，用身體硬生生的撞擊一股巨浪，不是他粉碎，便是要浪粉碎。浪割著他的身體，彷彿生出無數的利牙，密密的囓咬著他。這一回，碎的是浪，但，這是狂浪的國度，它們不肯服輸，捲起更大一波準備完全吞噬他。他站在甲板上卻像是踩在海水上，失去重心，忿怒的海浪捲走他腳下的船板，他仆倒，像是臣服的姿勢。

一切都來不及了，黑壓壓一塊厚木朝他砸來，無比決絕，不留活路。他的身子被斬斷，恐怖的大喊醒來。

又是夢。

他沒睜開眼睛，腰痛得快要折斷了，但，他不能翻身。意識還不是太清明，心裡以為是醒著的，卻可能還在夢中，要不然怎麼會嗅到如此濃冽的潮溼溫暖的氣味呢？這是海中珠貝開啟的氣味；這是珊瑚產卵爆出的氣味；這是大群銀魚在甲板上翻騰的氣味；這是鷗鳥搧動翅羽的氣味；這是手臂上海水結成鹽粒的氣味，太熟悉的混合著的氣味將他包裹住。可是，這不太對，他知道自己已經離海很遠了。難道是記憶中被永恆烙印的氣味？

他一直知道，自己一輩子都離不開海的，離開了海，他情願死去。

現在，他活著，只是忍耐，忍耐一切。

原本就難以忍耐的一切，此刻更加尖銳疼痛，都是因為這莫名而來的氣味，這氣味鼓動了他，讓他變得焦躁，變得惱怒。

他的躁動全是枉然，因為，他連翻身的能力都失去了，下半身的麻痺，將他從海上驅逐，他不再是個討海人，只能看守著魚池和花圃。

他聽見屋子外面窸窸窣窣的聲音，沉著聲音問：

「誰？」

悶了片刻，兩個小伙子推門闖進來，他還沒看清他們，那股氣味更尖銳了，撲面而至。

溼漉漉的兩個人，是族裡剛成年的兩兄弟，才出海上船不多久。

「阿逸哥。」兩個人含含混混叫一聲，有點手足無措。

「來做什麼？」他淡漠的問。

審視著他們，這兩個人不大對勁，垂著頭不敢看他。

「我們……在池子裡養了點魚……」

「什麼魚？」

「捕了條……大魚，大魚。」

「帶走！」他不假思索的：「別養在我這兒。」

「阿逸哥——」兩個人齊聲叫。

他一下子逮住他們的眼睛。沒錯，一點沒錯，那閃爍的精光，興奮緊繃著的眼神，每一瞬都能擦出火光，能夠劈啪響。詭祕的，亮著盈盈的綠。他很熟悉，他永遠不能忘記，他還記得上一次看見這樣的眼光，是在海上，他最後一次航海。伯父和堂兄弟，大家同在一條船上，他們獨獨瞞住他，可是，眼睛迸出的火花瞞不了人。他勸他們收手，他甚至求他們，可是，來不及了，一切都來不及了。

「你們瘋了。」他氣得發抖。如果他還能行動，一定馬上把他們翻倒，狠狠的捶一頓，把他們敲醒。這種事是不能做，不能做的啊。

兩個人喋喋不休的說著，賭錢輸了不少，債主催討得急，討海人哪裡有這麼多錢，也是天助我也，竟然就給捕著了。有許多買主等著，肯定能賣個好價錢，只要寄養幾天，很快就能解決。

他的血往上衝，嘶啞的喊：「帶走！你們帶走。不留！我這裡不留。」

一個掌不住，血從胸腔湧起，直直噴出來。

兩兄弟嚇得連滾帶爬，奪門而出。

血腥味與泥土味其實很接近，壓住了海洋的氣味。他有一段時間的暈眩，在暈眩中，又回到了他的船上。他從夜裡醒來，聽見一種奇怪的，如同吟歌又像低鳴的聲音，他找到一個箱子，腥味重得令人窒息，掀開來的時候，他覺得自己的忍耐已達極限了。

他簡直不敢相信，這是怎麼回事？被牛皮繩層層綑綁起來的，是一個女人，她的長髮在月光下閃亮著緞子的光澤。而她的衣服呢？他往下看，看見那被折疊起來的魚尾巴，不，不可能。他從小就聽過許多傳說，說起這件事物，但，傳說應該只是傳說，怎麼真的會出現？這是許多人渴求的珍寶，具有陰陽兩性的器官，不管是男人還是女人，都能獲得安慰。是怎麼做到的呢？他好奇的伸出手，觸到一片冰涼，渾身雞皮疙瘩暴起。

放我走。

他感覺到。明明沒有聲音，他似乎是聽見自己的腦子在說話。他驚得收回手。

我快死了。

他喘得很厲害，看著那珍寶的長髮從臉上滑落，露出斑駁潰爛，開始腐敗的一張腫脹的臉。

他抖顫著身體，有點分不清到底是幻覺，還是回憶。但，他不會忘記後來的事，他要放了她，必須放了她，否則雷電也不饒。傳說中，這珍寶一旦離了海，就要被雷電誅殺。他差點與伯父和堂兄弟性命相搏，從小他父母雙亡，是伯父撫養他長大，雖然捕得珍寶，可以十年不用上船，一家溫飽，但是，緊要關頭，伯父還是軟化了，由他作主。然而，他終究是慢了，雷電如一隻金屬巨手，攫她起來，執法，劈斷了，入海。

方圓百里之內，血海一片。

大海就是從那時候開始憤怒的，他打少年時上船，沒見過這樣狂猛的浪濤，粉碎了船，全船七條人命，只他一人得活。這性命保全了其實也是枉然，他生不如死。

空寂的屋子裡，他像瘋了似的不斷呢喃，帶走……把她帶走。她是妖怪。她是妖怪，旁人或許當她是珍寶，在他眼中，她就是個妖怪。帶來的是死亡，是滅絕。

他們走了，卻留下這妖物給他。他撐起強壯的上半身，坐上輪椅，這是小妹和木匠豆丁為他設計製作的。他坐在上面，行動自如，有時候會忽然忘記自己的殘疾。

那天夜裡，他來到池塘邊，這是被流星殞石砸出來的，族裡的人都稱為「破空池」。池水的顏色深黑，細細的波紋散開來，一圈一圈。他從花圃裡採來兩枝紅玫瑰，雖然是黑夜，玫瑰仍紅豔得像在燃燒一樣。傳說中，這妖最愛吃新鮮紅玫瑰，那時候，船上一直養著一束玫瑰，他不了解伯父怎麼變得這麼浪漫。後來才明白，養著的是餌食。

他將玫瑰墜入破空池，池水漩起一個旋，他看見一隻手，極纖細的，一閃而逝，玫瑰消失。他彷彿能看見雪白的指掌，女性的手指甲，粉紅色的，小小巧巧。

但，他沒有停留，轉動車輪回屋裡去。他依然無法承受，伯父與堂兄弟的死亡，還有，還有那曾短暫相遇的妖，也是他的負疚。

遇見風雷電

他每天在花圃裡工作，把水都澆一遍，也察看一遍。各種花卉，各色玫瑰，都依序開放和凋萎，除了那株老玫瑰。老玫瑰已經有幾十年了，族人為它起了個好聽的名字，叫作「露華濃」。當年他的母親在這裡看守花圃和魚池的時候，據說最愛的就是這株花，它開起來的花朵像牡丹一樣，紅豔欲滴，不可方物。他沒見過。自從母親生下他過世之後，據說，這玫瑰再也不生苞了。

以前，當他懷想母親，便盯著老玫瑰看，彷彿可以從裡面讀出什麼似的。採下兩朵玫瑰，拐到魚池邊，順手擲下去。這妖物倒是執著得緊，除了紅色的玫瑰，其他顏色的碰也不碰，他後來只好採紅玫瑰。紅玫瑰入水之後，漂浮一陣子，他也就在池邊待一陣子，什麼思想也沒有的，盯著池水發呆，常常，當他回神，便發現，紅玫瑰已經不見了。記得以前聽伯父說過，這妖愛吃紅玫瑰，就像是吃軟糖一樣美滋滋。吃過了紅玫瑰，膚色更為鮮豔美麗，難以形容。

那會是怎樣的一種顏色呢？

一綹髮絲，在水表面層之下掠過，他的心緊了緊，玫瑰不見了。

她到底通不通人性呢？她知道自己為什麼被養在這裡嗎？她知道是誰每日餵食她嗎？她能預知自己的命運嗎？

他很想忽視她的存在，但，他漸漸發現似乎放了太多注意力在她身上了。

一定是因為自己太無聊也太寂寞了。奇怪的是，他已經這樣過了好一段時間，卻直到現在才意識到自己原來是寂寞的。

有一個深夜，他忽然甦醒，潮溼的風從門外吹進來。他每晚必定鎖了門才睡，此刻，門卻被風吹著，晃蕩晃蕩。他點起燈，地上一道水漬，從他床畔到門外，像是有人剛剛離開，走得匆忙，來不及關門。這一道水漬，卻又該怎麼解釋呢？

他的無聊和寂寞，總是在小妹來臨的時候輕易被化解，小妹駕著車，帶著許多食物來，再把許多花帶去市集裡賣。小妹是伯父最小的女兒，從小就很崇拜他，總是跟前跟後的，大家都說她是阿逸的小尾巴。

「阿逸哥又不是魚，哪兒來的尾巴！」小妹不肯當尾巴，當她這麼說的時候，大人們便微笑著沉默了。

看著小妹把花裝了一車，阿逸忍不住問：「妳聞到什麼味道沒有？」

他想知道，這股異常的氣味，到底是人人都能嗅到，或是只有他？

「這花啊，特別香，每次都能賣得好價錢。阿逸哥真是做什麼像什麼！不像阿明哥他們……」

聽見阿明，他的警覺心驟起：「阿明他們近來還上船嗎？」算算日子，他們已經離開半個多月了，怎麼竟還不來？放著珍寶在這裡，不怕他壞了事？還是看準了他是個殘廢，不能有作為了？

「別提了。他們在外頭欠錢，被人追殺，兩個人逃跑啦，留下爛攤子給族長收拾，族長那天還說呢，有出息的子孫都凋零了，剩下的雞零狗碎……」說著，她的眼眶紅了。

目送著小妹離開，他的腦子忽然空了，阿明他們逃走了，來不及把珍寶出手，現在，該怎麼辦？他想把她送回去，但，他自己絕做不到，若是透露了消息，人多心難測，到時候會發生什麼狀況，不可預料。

那天夜裡起風了，傾盆大雨落下來，他的腰痛得厲害，無法入睡。第一次閃電從窗前劈過，他駭得叫出聲。最擔心的事，還是發生了。他忍著痛撐起身子，坐上輪椅，划出門去，風和雨捲起他，把他往屋子裡送，他捉住門框，從輪椅中翻出來，摔在泥地上，黃泥如膏，糊了他一頭一身。閃電彷彿在替雷霆照明，池水一片光燦，他抬頭望去，看見一個巨大的尾巴，搧打著池水。他努力往前爬，半個身子探下池，想把妖物拉上來，帶她躲進屋裡去，屋子裡是安全的。

一陣劇烈的風勢，捲起他，落入池子裡。這是頭一次，他傷殘之後下水，過去曾有的敏捷都失去了，他閉住氣息，往下沉，許多大魚小魚紛紛走避。又一個閃電擦亮池水，他睜著的雙眼，看見了她。她穿著錦緞一般的衣裳，款款的，向他飄浮而至。那確實是一張美豔絕倫的容顏，閃動著紫色星光的眸子與他的眼眸對望，一點也不生怯。

他在池底，感覺到心跳的劇烈，這是一個女人哪。他已經好久沒想過女人的事了，自從出了事，更是把這念頭全然拋離。可是，為什麼他的心臟竟如此歡躍？她的身體靠近，下半身裹住他，雙臂環抱著他，在他的氣息將盡的時刻，她的嘴唇捕捉住他的，送進新鮮的空氣給他，這空氣令他振奮，也令他昏眩，他發現早已失去知覺的下半身忽然活起來了，漸漸膨脹起來了。他以為一輩子都不會再有這樣的渴望和感覺了，做為一個男人的欲念和占有。

他開始親吻她，這吞食了許多紅玫瑰的嘴唇，有著花蕊的柔軟和馨香。他感覺到懷裡的身體有了溫度，也有了細微的律動，他的雙手被她的長髮纏繞，他用力掙開，摸索懷裡的這個身體。這個女體。觸到膩滑柔潤的乳，纖細的腰，他的手指滑動，無法停留在固定的地方，因為太潤滑的緣故。如果不是她纏著他，吻著他，他恐怕握不住她。

閃電雷霆是什麼時候停的？

當他渾身赤裸，在她指尖挑動下敏銳的弓起身子，竟聽見身體裡的閃電雷霆。

她緩緩的迎合著他，整座魚池都在波動，彷彿是在溫習，古早以前，一顆星星從宇宙中失速墜落的衝撞，劃過太空，劃過大氣層，拖著燃燒的身體，安靜的跌落地球表面。

他想像著自己，如一顆殞石，浮出水面。

老玫瑰生苞

你很憂傷。

「是的。從小，我就是個憂傷的孩子。」

你爲什麼這麼憂傷？

「不知道。為什麼呢？也許是因為，我一直都跟別人不太一樣。也許，從小，我就覺得自己很孤獨。」

你爲什麼這麼孤獨？

「我也不明白。只要一感覺到巨大的孤獨，就往海上去，海洋好像才是我的故鄉。如今，再也不能去了，永遠不能去了……」

阿逸在這樣的對談中，甦醒，發現自己流淚了。他有些驚惶的把淚拭去，怎麼竟然流出眼淚來了。自小族長就教他，流血也不能流淚。

小時候，其他的孩子嘲笑他是沒爹沒娘的孽種，他不哭；老師找代罪羔羊，把他的屁股打腫了，他也不哭；伯父和堂兄弟出殯那天，他又悔又愧，大

口吐出血來，還是沒有哭。

房裡只有他一個人，房門是掩上的，並沒有鎖。好像是他在等待著什麼。陌生的淚水，抹在他的手指上，竟這麼像是她的身體的觸感。如同在黎明前觸摸一朵被露水濃濃淋上的玫瑰，糖漿一樣的亮度與質地。

他想到露華濃的綻放。

他花很長的時間，逗留在池邊，如果不是為了要餵食玫瑰，他簡直懶得理花圃。他知道自己完全被迷魅，好像是一個清醒的自己，看著一個睡夢中的自己，卻也不想把夢中那個叫醒。

做為一個人，究竟能從身體獲得多少快樂呢？他每一次都以為已經到達巔峰，卻在又一次的超越中顫慄。

「為什麼雷電放過了妳？」餵著她吃玫瑰的時候，他問她。

她現在會浮出水面，就著他的手來吃，一片片從外緣開始，用牙齒撕下，小小口的咀嚼。吃完之後，她便吮他的手指，片刻之間，讓他魂飛魄散，發出呻吟。怪不得天下男人女人都想要這珍寶，真是尤物。

那一夜，我是你的了，他奈何不了我。

他很想問，是因為這個原因，才有那個夜晚的嗎？但，他沒有開口。

而她，極其嫵媚的對他一笑，轉身游泅而去。

她是這麼自主的，隱藏著許多他也不知道的祕密。

你不需要愧疚。

有一次，她這麼告訴他。

她的劫數到了，原本就逃不過那一劫的。

她說的是海上遭雷殛的那隻妖，那個珍寶。

他們的劫數也到了，你是救不了的。

「那麼，為什麼我還活著？」

因爲，你和他們不一樣。

「哪裡不一樣？」

她不回答，占有他，也被他占有。

「你不一樣了。阿逸哥。」一小妹和豆丁來探望他的時候，這麼說。

「是嗎？什麼地方不一樣？」他輕快的回答。
「看起來很高興的樣子。」豆丁搶著回答：「我沒見過你這麼高興。」
「別說你了。」小妹瞟了豆丁一眼：「連我也沒見過。」
她又細細打量了阿逸：「可是，你瘦了好多。身體不舒服嗎？」
「沒有。」
「還說沒有……」小妹忽然低下身子：「你的腿上都是傷，怎麼回事？」
她說著動手去撩褲腳。
「別動！」阿逸的聲音粗起來。
他的腿上全是傷痕，不想讓小妹和豆丁看見。
小妹嚇住了，有點委屈的退後一步。
「前兩天在玫瑰花圃跌了一跤，磨破了皮。沒事的，不用擔心。」他覺得不好意思，在這世界上，小妹是最關愛他的人。
但，他怎麼能說實話？怎麼能告訴小妹，這些刮痕都是因為那隻妖？那妖的下半身無鱗，長著五彩色的細毛，平日裡柔順軟細，歡愛時卻變粗變硬，纏著他的雙腿，留下無數傷痕。他喜愛那些傷，品味著每個激動的時刻，他的雙腿雖然麻痺無知覺，這些血痕卻提醒他，自己還有雙腿。

「我擔心你啊，哥哥。」小妹臨去的時候，還是這麼說。

他舀了一些池水澆花，淋到老玫瑰的時候，忽然愣住。

這株已如化石的植物，竟然，竟然長出茂綠新葉，不僅如此，還結出一個花苞。老玫瑰有了生機，露華濃要開花了。這是什麼徵兆？

「等露華濃開花，我就拿來餵妳。」他溫柔的對她說。

我怕等不到了。

「為什麼？」

離開故鄉太久，我只能吸食你的氣息。我們倆都撐不下去了。

阿逸仔細看著她，這才發現，她的肌膚已經失去光澤，顯得乾澀，她眼中的晶采光芒也黯淡下來。她難道會變成死在海上的那隻妖？開始潰爛腐敗？

不。不可以，他不能接受。他已經深深眷戀她，他不能讓她遭受這麼悲慘的命運。

他應該把她送回去的，他早就應該這麼做的，他只是捨不下這豐茂的情欲。如果失去她，一生再也不會這樣被給予、被滿足。可是，他的貪念會徹底殺死她了。

「我要送妳回去。」他說。

他的手被她握住，握得緊緊的。

我不想和你分開。

他顫動的，抽回自己的手。

怎麼會和一隻妖產生這樣不可思議的情感？他從來沒有想過，會是這樣的，他以為她只是給他欲念的撫慰，沒想過還會有這樣強烈的牽連。他用力划動輪子，加速從破空池離開，到了門口，甜腥的鮮血湧上來，直直從胸膛噴出。

他昏厥過去。

花開露華濃

他嚥下苦澀的藥汁，心裡想的卻是，我沒事，救救她，救救她。

睜開眼睛，阿逸看見小妹，鎖著眉頭的小妹好像剛剛哭過。

「阿逸哥！你醒來了？我們擔心死了，連醫生都沒辦法了……怎麼會，怎麼會這樣？」

「我怎麼了？」他開口說話，才發現自己變得好虛弱。

「你昏迷好幾天了，豆丁剛送走醫生，醫生說如果你醒不過來，就沒救了。」

「沒救了……」如果我沒救了，她該怎麼辦？他焦慮的轉著頭。

門忽然被撞開，豆丁衝進來，一身的水，下雨了嗎？

豆丁一把抓住小妹，語氣驚惶的：「來看！快來看——」

他們倆一起奔出去，完了，他們發現了，他們要怎麼處置她？小妹可不是個柔弱的女孩子，她說過她最恨這種妖，奪去他一家人的性命。一命抵一命，她曾經哭著問他：「為什麼要趕盡殺絕？為什麼害死我全家？」

他聽見破空池傳來的水聲，劇烈的拍擊聲，喝斥聲，他撐起上半身，倚在牆上，大聲叫小妹，叫豆丁，叫他們回來。

外頭忽然靜下來，片刻之後，小妹推開門，一臉的肅殺幽穆。

「都是因為這隻妖怪！對吧？」小妹的聲音也是寒涼的。

豆丁隨後進來，將肩上背負的放在地上，那妖的雙手被綑縛在背後，無助的扭動著尾巴。她抬起頭，注視著他，哀憐的，理解的，心甘情願的眼神。

「你瘋了？你養著這個妖怪做什麼？我們一大家子受這妖怪的害受得還不夠嗎？我阿爸、我哥、我弟，還有你媽……」小妹忽然咽住下面的話。

阿逸所有的心思都在妖的身上，他根本沒聽清小妹說了些什麼。

「去！把你的斧頭拿來！」小妹轉身對豆丁說。

「不可以！」阿逸大喊：「妳不可以傷害她。」

「我要替我爸爸和我兄弟報仇！我要救你的性命！我們家再也不要和這個妖怪有牽扯了——」

豆丁已經取了亮晃晃的刀斧進屋裡來，那銳利的光芒令人不敢逼視。

阿逸用盡全身氣力，從床上滾落地面，他用力爬到妖的身邊，他嘶聲喊著：「我不准妳傷害她！」

沒關係的，我不怕。

「我會保護妳。」他的頭抵著她的額頭，對她說。

他用自己的身體遮住她，轉頭對舉起斧頭的小妹說：

「妳要殺了她很容易，但是，你殺了她，就是親手殺了我。我是個廢人，我活著也沒有意思，妳殺了我吧。妳殺了我，再殺她！」

「阿逸哥！你是被她迷惑了，她是個妖怪啊！你讓開！」

阿逸的手臂往後勾，攬住妖的頭，那妖便極溫馴的靠在他的臂彎中。他們倆的頭髮相糾纏，臉面相廝磨。

「她不是妖怪，她是我的女人，她是我的妻子。」他到這一刻忽然明白，原來，在心裡，他是這樣看待她的。

「我是她的丈夫。」

小妹的手軟了，她和豆丁都被眼前的景象震懾，兩個失去行動能力的男女，深深相戀的一對愛侶，他們是夫妻。

豆丁接過斧頭，扔在一旁，小妹掩著臉哭起來：「這是我們家的宿命嗎？」

阿逸環抱住他的妻子，氣若遊絲，每說一句都好費力：「求求你們，帶我們去海上，我要送她回去。我不要她死……」

阿逸的臉色慘白，他坐在甲板上，迎著海風，已經好久，沒有沐浴在海洋的空氣裡，他感覺每個細胞都在呼吸。他的妻子就坐在他的懷裡，回到海上之後，她的肌膚又細膩起來，光滑如露華。

跟我一起走吧。

「我不行。我沒辦法在海裡生活，而且，小妹只剩下我這個親人了。」

他轉頭看著甲板另一頭的小妹，自從上船之後，小妹就沉默了，只是不時掉眼淚。他想，自己確實是傷了她的心，像個叛徒似的。但，等一切過去之後，有機會的話，他會補償小妹的。只怕沒有機會。他感覺到生命的力量正一點一點的流失。

豆丁把船停下，對小妹說：「就這裡吧，已經夠遠了。」

阿逸順著妻子的髮絲，愛憐的磨蹭著她的臉，輕聲對她說：

「回家去吧。」

跟我一起走。

她捧著他的臉，懇切的看住他的眼睛。

他掙開她，拉開她的雙手，示意豆丁和小妹幫忙，他們把人魚拉開，抱起來，放進海水中，人魚打了一個漩，不見了。

阿逸渾身起一陣難以承受的劇痛，彷彿從內裡被撕裂開來，他的汗大顆大顆滾落，俯倒在甲板上，忍不住壓抑的嚎叫出聲。

「哥！哥——你怎麼樣？」小妹抱住他，卻被他身體的高溫燙到了。

豆丁也失聲叫起來：「天啊，怎麼像炭一樣燙？」

「我……要死了。」他昏厥過去。

「不會的。我不會讓你死。」小妹眼神堅決，她說：「你下海去吧。你回去吧！」

「妳說什麼？妳發什麼神經？」豆丁嚇了一跳。

「你不明白。阿逸哥是人魚的孩子，他的父親是人魚。他的母親和人魚生了阿逸哥。從小，族長就告訴過我，他教我要照顧阿逸哥，也要保守這個祕密。」

小妹抬起阿逸的頭：「我只是捨不得你離開，你是我最好的哥哥。」她的眼淚直直落下來，落在他的臉上：「你根本不需要這雙腿，你是人魚的孩子，你終究要回到海裡去的……」

「我會想念你的。哥哥。」小妹最後這句話，阿逸聽見了。

這句話伴隨著他沉進海裡。他想，他已經死了，這是他們為他做的海葬吧，這也是他的心願，死在他最愛的海裡。

他的身體像一顆燃燒的流星，海水吞噬了渾身火焰，他的表皮似乎在皸裂、在脫離，一層層剝落下來，變得好輕盈。

這就是死亡嗎？死亡原來是這麼一回事。

忽然，他看見了他的妻子，她迎向他，向他伸出雙臂，而他竟能快速的迎向她，毫不費力的握住她的手。

我知道你一定會來的。

他看見她的尾巴搧動著，還有另一個尾巴也歡快的，隨之搧動。

竟然是，竟然是他自己的。他的雙腿變成一條美麗的尾巴，充滿力量，閃動光芒。

尾巴的誕生，讓他可以自由自在的在海中泅泳，他可以翻滾、飛翔，與他的妻子緊密貼合。他變成了一隻妖，在深深深深的海裡。

黎明之前，花圃裡的露華濃開出一朵令人驚動的美麗的花。

上一次這朵花開，是在阿逸的母親產下一個男嬰的夜晚。

海人魚，東海有之，大者長五六尺，狀如人，眉、目、口、鼻、手、爪、頭，皆為美麗女子，無不具足。皮肉白如玉，無鱗，有細毛，五色，輕軟，長一二寸。髮如馬尾，長五六尺。陰形與丈夫女子無異，臨海鰥寡多取得，養之於池沼，交合之際，與人無異，亦不傷人。

——唐・鄭常《洽聞記》

妖物答客問

問（莫緹）：

這篇人魚故事中的感官描寫令人驚嘆不已，對於性與愛的鋪陳也很具體，而結局阿逸發現自己是人魚的孩子時，也很出人意料之外。老師似乎很喜歡挖掘群體中的不同，是否當阿逸確認了自己是人魚，才能得到真正的自由？

答（曼娟）：

在這篇故事書寫之前，我已經設定了感官的書寫強度。因為阿逸的雙腿在海難中失去了，他的其他感官必然變得更加敏銳。人魚的故事中有著「守護者」的設定，身邊的親人都知道他是人魚的孩子，卻沒有排斥他，反而選擇守護他到最後，這真是一件幸福的事。阿逸最終回到大海，成為人魚，自由自在與相愛的妻子在一起。人總是要在成為自己之後，才能得到真正的自由。

卷八
不太遠的遠方

一隻手撫過他的胸膛，像羽毛一樣輕，
那個人具有很大的氣力，
卻又有這麼溫柔的情感，
清泉雖然疲憊的闔上了眼睛，
卻感動欲淚。

——狐妖

妳要去哪裡？

我要去遠方。

遠方在哪裡？我可以去嗎？

有一段時間，清泉以為自己已經死去了。

他並不十分驚恐，如果真的死去，不就可以看見母親了？母親當年離開他的時候，他用小手拖扯著母親的裙子，哭著喊著，要跟母親一起去。

母親流著淚，剪斷了裙角，還是離開了。彷彿她要去赴非常重要的約會，一刻也不能耽擱，哪怕是最疼愛的兒子，也無法挽留她，絕然的，離開了。

母親後來從潭面上浮起，穿的還是那條缺角的裙子。

原來，那就是母親要去的遠方嗎？大家都說他的母親過世了，他自己知道，母親只是去了遠方。

父親不久之後帶回一個女人，對清泉說：「這是你的新媽媽。」

小清泉睜著大大的眼睛，看著這個新媽媽，好奇的，並不很悲傷，母親在遠方，將來總有一天，他和母親會團聚。

那麼，現在是團聚的時候了嗎？

母親會穿著那條裙子來接他嗎？

他並沒有看見母親，包圍著他的，是無盡的黑暗，滴滴答答，幽冥之中，也有計時器嗎？已經死去的人，還會在乎時間嗎？他想像著星星升起的夜空，想像著山谷裡冉冉爬起來的太陽，想像著瀑布飛濺出水沫，原來，死去的人也是可以想像的。想像著曾經見過的那些美好景色。

一支冰冷的鎗，抵著他的太陽穴。

「他們不付錢，你就死。」綁匪這樣說，刻意壓低的聲音，像來自地獄，令人不寒而慄。

「爸爸！媽！我是清泉，我被綁架了，救救我，救……救我……」

「不是。這不是我們清泉的聲音！」他聽見繼母在電話另一頭，對父親說：「你不要老糊塗了，這是詐騙集團啦，不要上當。」

「我真的是清泉啊……爸！爸爸——」他嘶聲吶喊，肚子上捱了重重一拳，臥倒在地。

綁匪發現綁到的是個姥姥不疼舅舅不愛的，當場吵了個翻天覆地。每個人都過來踹他、揍他，他的嘴裡全是血腥的鹹味。

他想自己一定很慘，可是，他被蒙住眼，什麼也看不見。

他在安靜下來的瞬間，想到了八歲那年，因為一點小事，繼母把他關在山上的小木屋裡，一關就是三天，沒得吃也沒得喝，也是這樣瀕死的經驗。他連坐的力氣都沒有，只能癱在地上，絕望的看著窗外透進來的光影，等待死亡。他輕輕的喚著：「媽媽……媽媽……」

忽然，一團白瑩瑩的影子，輕巧的躍到他身邊，他以為是貓，仔細一看，才發現是一隻銀狐。他認得狐，是媽媽教他辨認的，媽媽還做豆皮壽司，讓他拿去餵狐，說是狐最愛吃豆皮壽司。那時候，媽媽常帶著他走進深深的山林

中，一處瀑布旁，那裡有幾隻大大小小的狐，彷彿在等著他們的到來，琥珀色的眼睛，直直的望住他們。

這隻小狐是豆皮家族的成員嗎？牠軟軟的身子偎住清泉，帶來暖意。一只紅色的東西落下來，清泉看見，竟然是一顆橘子。小狐為他帶來一顆橘子，救了他的命。接下來是地瓜、玉米，有一次竟然還有一隻煮熟的雞腿。清泉很驚奇，他把小狐抱攬在懷裡：「你做小偷啊？你去哪裡偷來的？」

小狐每到天黑便會出現，送來食物，夜裡讓清泉抱著一起睡，為他取暖。後來，繼母在父親回家之前，開了小屋放他出來，看見他精神很不錯，吃了一驚。

「你怎麼會……」繼母看著滿地的食物殘渣：「有東西吃？」

「我媽媽送來給我的。」清泉這樣回答。

說出這一句話，他自己也滿訝異的。

依稀記得在夢中，有人對他說：「你要告訴大家，是你媽媽給你東西吃，這樣，別人才不敢欺負你。」

他說了，按照指示。

從那以後，繼母果然不再敢動歪腦筋整他，只是卯起來生孩子，清泉有五個弟弟妹妹，卻愈來愈孤單。

此刻，他是一個被遺棄的人，被家人遺棄，也被綁匪遺棄，他們在撤出這個山中的屋子時，對他開鎗，他倒下來，臥在血泊中，等待死亡。

死亡到底是什麼？

是生命的回顧嗎？

他見到媽媽在包豆皮壽司，抬起頭對他微笑，他說，我也要包壽司。媽媽捉著他的手，把米飯填進豆皮，他被媽媽攬在胸前，靠著軟軟的胸脯，覺得幸福極了。

他見到十七歲那年，在瀑布下沖激著身體的少年，少年的上身全裸，下半身只穿了件好短的小褲衩，他的身體讓清泉心跳，為什麼自己會為了一個男人而起這樣微妙的反應？他感到不安，又無比刺激。少年突然轉過頭，注視著

他，坦然的，毫無隱藏。那是一雙似曾相識的眼睛，琥珀色的眼珠子，少年壞壞的笑起來：「一起來嗎？」

清泉因為他，提起勇氣走進瀑布下，強力的水柱沖擊，比他的想像更猛烈，他想逃跑，少年扣住他的手腕。留住他，也逼出他的膽量。

清泉生命裡最快活的夏天就此展開，他們一起游泳、烤魚、野營，清泉發覺和少年在一起的時間愈長，愈想和他在一起。他像是自己的親人、朋友，和……情人？他的心陡地跳了幾下，怎麼會有這麼奇怪的念頭？

「你叫什麼名字？」

「阿紫。我叫阿紫。」

「阿紫？」清泉笑起來：「怎麼像女生的名字？」

「像女生？」阿紫湊近清泉，眼中漾漾焰焰：「我像女生嗎？」

清泉看見阿紫的鬍青，也看見他臉上的稜角和線條，那線條像是斧削而成的，如同山壁被雷電劈出的痕跡，俐落的，充滿力量。

清泉搖搖頭笑起來：「當然不像。」

他告訴阿紫，夏天結束之後，就要到城裡念書去了。阿紫告訴他，過兩天獵狐祭一到，他也會離開樹林了。

「那麼多人，那麼吵，我嫌煩。」阿紫是這麼說的。

清泉覺得很惆悵，想不到離別來得那麼快。

「我還能見到你嗎？」

「有緣的話，會見到的。」阿紫說，扔一塊石頭進溪水。

阿紫沒有告別，便離開了。樹林裡時時響起鎗聲，清泉有時候會看見林子裡的血跡，原本習以為常的獵狐祭，忽然之間，也讓他感到厭煩。

他一個人去瀑布之下沖水，原本細瘦的身架子，漸漸壯實起來了。

那天，他在溪裡泅泳，忽然雙腿抽筋，無法使力。他想到了媽媽，也許，媽媽並不是想死，而是遇到了意外？水漫進他的鼻管，湧進他的肺，他什麼也抓不住，他要溺死了，可他還不想死。

有人把他從水裡撈起來。

有人把他從地上抬起來。

「阿泉！阿泉！阿泉——」那人呼喊著他，聲音愈來愈清晰。

他眼上的布被解下來，光線穿過他閉住的雙眼。

「你傷得好重。阿泉！看著我，你看見我嗎？不能死，不可以死，我不准你死！」

他睜開眼，看見晃動著的白色的影像。

有人來救我了。他激動著，同時，感覺到了疼痛，非常劇烈的疼痛。

他聞到濃重的血腥味，到底流了多少血？流了這麼多血，還能活嗎？

那個人屈起膝蓋，把他抱在懷裡，他再度感覺到擁著小狐入眠的暖和與安全，他覺得就算是要長眠下去，也沒有什麼好怕的了。一隻手撫過他的胸膛，像羽毛一樣輕，那個人具有很大的氣力，卻又有這麼溫柔的情感，清泉雖然疲憊的闔上了眼睛，卻感動欲淚。

再一次，他醒來，發現正在被治療。

那個男人嚼著某種綠色和黑色的植物，再吐出來，將混合了唾液的碎草葉敷在傷口上，涼涼的，薄荷般的觸感從他的肌膚擴散開來。涼到他失去了那塊肌膚，失去了那一小片的自己。他的燒灼的痛苦被解除，可以大口呼吸了。

男人翻身趴跪在地上，忽然像嘔吐似的，不停反胃，看起來十分煎熬，他的背部高高的拱起來，長長的腿抽搐著。難道，他中毒了？

清泉伸出手，搆不著男人，發生了什麼事？到底怎麼了？

他覺得此刻的無助，更甚於孤獨一個人等待死亡的時刻。他不想拖累別人，尤其是一個陌生人。這個人，是陌生人嗎？他的意識愈來愈模糊，真可惜，他沒辦法把救他的人看個仔細。

一顆冰藍色的珠子，從男人口中吐了出來。那珠子兀自閃動著水晶的璀璨光芒，被男人放置在手掌中。他轉頭望向清泉，淚流滿面。

那張臉孔，讓清泉痛楚起來，這次不是傷口，而是心臟。

清泉在昏迷之前看清楚了男人，雖然已經十年沒見過面，雖然他們都不再是少年了。

他們不是陌生人。當然不是。

阿紫回來了。

你從哪裡來？
我來自遠方。
遠方有多遠？
遠到你已經不記得我了。

清泉記得從溪裡把他撈起來的人是阿紫。

「阿紫。跟我到城裡去吧。我們一起走吧。」

「我不喜歡城裡，那裡人好多，人的氣味真難聞，還有，城裡的人愈來愈愛養狗，我受不了。」

「那，我以後要怎麼找你？」

「找我幹什麼？」

「就是……見見你。」

「別找我了，你到城裡，就把我忘記吧。你會有很多朋友，很多好玩的事，好好過日子。這才對得起你媽。」

清泉有說不出的酸澀和苦楚，原來，這就是所謂的成長。

十年來，他常常不期然想起阿紫，也許有一天，他們會各自牽著孩子，在兒童樂園相遇；也許是在電車上，兩個人都是上班族，都有一種被歲月磨蝕的魯鈍，只想瞌睡。

他並沒想過會被綁匪劫持，更沒想到會與阿紫相逢。

阿紫。阿紫。

阿紫。

他睡了長長一覺，溫暖的、舒適的，然後醒來。

空房子中央點著篝火，架了個架子，煮著一鍋什麼東西。阿紫靠近鍋邊坐著，他穿得很單薄，緊身的馬褲，長袖襯衫上都是血跡。而清泉發現自己正蓋著一件皮草大氅，顯然是阿紫把自己的外衣脫下來覆蓋他的。

「醒啦？」阿紫沒有轉頭，輕聲問。

清泉忽然覺得羞赧，好像自己是赤身裸體的。

「阿紫。怎麼會是你？」

「想看看你還記不記得我？」

清泉沒有回答，小樹枝被火焚燒，發出嗶剝聲。

「那幾個綁匪死了。」阿紫繼續說：「他們身上的案子太多，警匪鎗戰拚了命，三個人都死了。」

他從鍋裡舀出一碗粥，端到清泉面前。

「可以坐起來嗎？」

清泉點點頭，撐起上半身，靠在牆邊。

「你怎麼把我治好的？」

「我沒治好你，只是先讓你保住命，那些草藥還是挺管用的。」

「不只是草藥，我還看見……」那顆冰藍如星星的珠子，他想說，卻終究沒有說出來。

「綁匪死了，沒人知道我在這裡？對嗎？」

「是啊。」阿紫微笑的，餵他吃粥。

粥裡有草藥的氣味，綠蔭蔭的顏色，清泉皺了皺眉頭，還是嚥了下去。看見阿紫之後，他一點也不想死了。

「我再也不回家了。反正他們都不在乎我，對於我的死活一點也不關心。」

「沒有一點牽掛？」

「沒有。」想都不想，他立即回答。

「會有人找到你的，很快就會找到的。」阿紫說著，一邊瞄了一眼他的頸子。

像一顆堅硬的冰塊，冰冰涼涼的劃過他的頸窩，那是一個心形墜子。

那被刻意遺忘的一部分，倏忽重返生命。

那顆心裡面懸掛的是他的未婚妻，他們將在過年之前完婚的，他們剛剛才去婚紗店裡挑好禮服，約好拍照時間，他送未婚妻媛媛回家，然後，他自己就被劫持了。

他再也吞嚥不下一口粥，靠回牆壁。

「那個女孩子……」阿紫放下碗。

「她叫作媛媛。」

「媛媛真的很愛你，她到處求人找你，還出了五十萬的懸賞金。」

「喔？」清泉不知道為什麼脫口而出：「你是為賞金來的嗎？」

阿紫並沒有被激怒，只是有點無精打采：「我來保住你的命，好讓媛媛把你帶回家。」

阿紫站起身，清泉打量著他的背影，高大的、勻稱的，當年在瀑布下，這個軀體的肌膚緊繃，水注沖下來，高高的反彈散開，那些晶晶亮亮的水珠子，始終在他的記憶裡發光。

「這些年，你都到哪裡去了？」清泉發現自己的聲音裡，有太多壓制不住的情感。

「我到了遠方。」阿紫坐下來，與他保持一段距離：「很遠的地方。」

清泉苦苦的笑了起來。為什麼他最喜歡的人，都去了遠方，遠方到底有什麼呢？

「阿泉。」阿紫喚他：「你知道，我一直是個浪子。我們是不一樣的人，完全不一樣。」

「我不管你和我是不是不一樣的人，我……」

阿紫止住清泉的話，他機警的諦聽著。

一陣風過，彷彿還帶著些騷動。

「他們來了。」

「誰？」

「阿泉。」阿紫並沒有回答，他俯下身，從清泉身上抽回銀色大氅，那皮草一吋一吋離開，清泉像被切割著一樣痛苦。

「別走。」他哀求。

阿紫披起外衣，一個旋身，皮草刺進他的眼睛。他閉上眼，再睜開，空盪盪的屋子裡，再沒有一個人。

他有種窒息的感覺，快要不能呼吸了，阿紫走了，也帶走了他一部分，很大的一部分。

狗吠聲愈來愈近，他明白，媛媛找到他了。可是，他並不想被找到啊，一點也不想。

清泉在醫院裡，媛媛看護著他。當他清醒時，媛媛湊過來叫他：「清泉。清泉，你記得我是誰嗎？」

「媛媛。」

「對了。」媛媛一下子哭出來，握住他的手，親吻著：「你沒事了，感謝老天爺。你沒事了。」

媛媛的臉有點腫，想來是哭得很厲害，也受了許多苦。

「真抱歉，讓妳擔心了。」

「我還以為……」媛媛又哭又笑：「你不想結婚，逃跑了。我好傻喔。」

好傻啊，媛媛。好傻啊，清泉。

清泉親吻媛媛，卻嚐到自己的眼淚，苦苦的滋味。

當清泉出院之後，才知道發生了好大的變化，繼母和父親離了婚，帶著五個孩子離開，也幾乎帶走全部的財產。

父親鎮日裡呢呢喃喃，到處找清泉。清泉站在他面前，他還在找，說是清泉和他的母親在等著自己，他一心一意認為，清泉已經死了。

這種感覺非常詭異。他問媛媛：「我是活著的嗎？妳確定我不是死了？」

「當然不是。你活得好好的。我不准你死。」最後一句話，有人也曾經對他說過，那個人又去了哪裡呢？

「為什麼我沒有活著的感覺？」

「你感覺我吧。」媛媛的臉貼上他的面頰，她的嘴唇吻住他的唇，她拉起他的手，放在自己的前胸，她彷彿要把整個人擠進他的身體裡。

媛媛扯開他的上衣，又去探索他的腰帶，他忽然按住媛媛的手。

他的身體僵硬得需要化冰，眼神充滿倦怠。

「我們已經訂婚了，沒有關係的。」媛媛的雙頰酡紅，像喝了酒，她的手再度遊移而至。

「真抱歉，我沒辦法，我……」

媛媛按住他的唇，那麼女性的纏綿，知解一切的窩進他懷裡，像隻小貓咪似的。他不由自主的，輕輕撫著她柔細如嬰兒般的長髮，輕輕的嘆了一口氣。

他從沒有喜歡過任何一個女孩，媛媛確實吸引了他，遇見她，他就想要定下來，想要有自己的家，想要跟她過日子。

這不就是愛情嗎？

你是我的遠方。

我不是。

我希望你是。無法觸摸，難以企及，充滿誘惑。

拍攝婚紗那一天，閃光燈穿透清泉的眼瞳，他像被射了一箭似的，腿一軟，就倒下來，渾身的氣力都被抽走。他匍匐在地上，心跳加速，盜汗如雨。他沒辦法控制自己，鼻涕眼淚一起流出來。攝影棚的燈光那麼銳利，人聲那麼喧沸，空氣又那麼稀少。

媛媛穿著婚紗過來攙扶他，驚恐大叫：「清泉！清泉！你怎麼了？天啊，你怎麼了？」

「我不行……」他躺在地上，求生不得，求死不能。「我不能這樣過下去了──」

恐慌症。醫生不動聲色的宣布。

診療室裡，醫生對清泉和媛媛說話，說是他前一陣子經歷了那麼大的傷害與驚嚇，難免會產生很強烈的反應，不用太在意，首先應該放輕鬆……

清泉根本沒聽見醫生說什麼，他的眼睛透過診療室的玻璃，望見候診椅上，穿著銀色皮草的男人，那男人慢慢轉過臉來，雙眼充溢著哀憐。

清泉倏的站起身，衝出門外，他喊著：「阿紫！」

候診椅上一排人都盯著他看，阿紫並不在裡面。

「阿紫是誰？」夜裡，清泉吞了藥，媛媛輕聲問他。

雖然她強作鎮定，可是，清泉看見她握住水杯的骨節突出。好像那不是個杯子，是隻老鼠，隨時會逃跑了似的，必須要緊緊抓牢了。

「阿紫嗎？」清泉揉了揉太陽穴：「很久以前認識的朋友。」

「那個女孩子……」

「他是男人。不是的，不是女孩子……」

「喔。」媛媛笑起來，她和清泉同時感到如釋重負。

「我剛剛，看錯人了，以為看見他。」

「是啊。醫生說，會有幻聽或是幻視的情況，不用太擔心的。」媛媛的聲音甚至是輕快的。

「不用擔心。」清泉喃喃的，睡意很濃了。

婚禮還是要照常進行，雖然清泉希望可以等到他的身心狀況都恢復了，可是，媛媛堅持按照原定計畫。她說結了婚，成為妻子，更可以全心全意的照顧丈夫，她說她再也不能忍受失去清泉的恐懼了。

「讓我看看我媽媽，可以嗎？」還剩半個月，清泉如此要求。

「我陪你去吧。」媛媛說。

「不用了，我想自己去。」

「沒有關係的，我反正也沒有什麼事，我可以……」

「我自己——」清泉舉起雙手，粗重的喘息：「我想自己一個人，去看媽媽，拜託妳了。」

媛媛像被掌摑了似的，別過臉去，點了點頭。

清泉背著登山包，獨自上了山，去找母親的潭水。他知道媛媛不開心，也知道自己傷害了她的感覺，可是，他不想無時無刻的顧慮著別人了。他從小顧慮著父親，顧慮著繼母，又要顧慮著媛媛。他感到厭倦了，他沒有一日做過真正的自己。

他迷路了。

那面潭水，已經好久沒有去過的，好像位移了，也可能被填平了。山上一幢幢蓋起別墅來，他愈走愈陌生，愈來愈心慌，只能往更荒僻的地方走去。

他大量出汗，極度口渴，把水壺裡的水都喝乾了。接著，他的心臟卜卜的，胡亂的，不規則的跳動起來，胸腔要漲破了，他大口呼吸，反胃欲嘔，撲

身倒下來。光線變得好刺眼，風吹過草的線條太過刺激，他有一種急速下墜的凌厲的恐懼。

有人握住他的手臂，把他提起來，攬在懷裡，他昏厥過去。

他醒來的時候，倚靠著樹幹坐著，阿紫正溼淋淋的從溪裡起身。跨步走到他面前，俯身看著他：

「你到底想幹什麼？」

「你到哪裡去了？」

「隨便去哪兒都行，離你遠點就行了。」阿紫一屁股在他身邊坐下。

「你為什麼躲開我？」

阿紫戲謔的神情忽然緊繃住，顯然沒準備好接招。

「躲你？」他停了停，笑起來：「你這個人麻煩一堆，誰有時間幫你收拾爛攤子啊？還不躲著你？」

「既然躲我，幹嘛又要出現？為什麼你說出現就出現，說不見就不見？為什麼我總是找不到你，你卻永遠找得到我？」

「你，找過我嗎？」阿紫的聲音沉沉的。

「我不想再找了，也不想再等了，我覺得很累了。」

「那就結婚吧。結了婚，跟媛媛好好過日子，就不會累了。」

「你到底是誰？」

「我是阿紫。」

「阿紫阿紫。阿紫是誰啊？」

「我叫阿紫，叫了一千年，千年之後，我還是阿紫。」

清泉環抱住自己的雙臂，微微顫慄：「為什麼……是我？」

「起先，是你的母親，她是個好女人，總是做了豆皮壽司給我們吃。然後，她帶著你來，這麼美的一個孩子。我答應過她，不管怎樣，都要照顧你。」

「小時候，你給過我橘子。」清泉伸出手，觸碰阿紫的皮草外套。

「你差點丟了小命。」

「你為我治療鎗傷，用的是什麼？」

「靈珠，千年才能修成的一顆珠。拜大仙的人說是『媚珠』，我們並不媚人，只是顯現出人們心裡的欲望，如此而已。」

「那麼，我心裡的欲望是什麼？」

阿紫沒有說話，清泉把他的外套愈攢愈緊。

「是你。對不對？是你。是你——」

「我必須離你遠遠的，成全你過一種平凡的生活，平凡，可是安穩。為了你，我總在遠方……」

「你根本就不該出現！你既然這麼為我著想，十七歲那年，你為什麼來找我？你是何居心？」

「那時候，為的不是你，是我自己。我知道我不應該，可是我忍不住……」

清泉著了魔一樣的撲過去，吻住他。

這一吻，他所有的焦慮和不適都消失了。鹹鹹的淚，順著面頰流進嘴裡。不是他的淚，是阿紫。

「不要再來見我了。」他推開阿紫，緩緩站起來。

這是第一次，他站在阿紫面前，比他高大，比他強壯，因為他戰勝了自己的欲望。他是一個全新的人。

阿紫的稜角分明的臉孔，爬滿淚水，他跪在地上，無聲的哭泣著。

帶我去遠方。

遠方，其實不太遠。

媛媛看見他回來，什麼話也不說，緊緊的擁抱住他。

「對不起……」

「是我不好。」媛媛細瘦的手臂勾住他的背：「我把你看得太緊了，讓你壓力過大，其實，我應該給你一點自由的。如果你想和別的女人交往，我也可以接受，你總得比較看看，才會明白自己的情感，我可以瞭解的……」

「噓……」清泉覺得媛媛快崩潰了：「妳知不知道自己在說什麼啊？沒有，沒有別的女人，從來都沒有。」

沒有女人。

阿紫不是女人。當清泉是小孩，他也是小孩；當清泉是少年，他也是少年；因為清泉是男人，所以，他也是男人。

他只是人們心裡的欲望。

清泉抱住懷中的女體，閉上眼睛。

婚禮在教堂中舉行，莊嚴神聖，許多花把禮堂布置得宛如一座花園。

媛媛穿著自己設計的米白色禮服，無比輕盈，她看起來這麼美麗而又篤定，女人生下來彷彿就等待著要成為新娘的，從無一點懷疑。

他挽住媛媛走進教堂，看見牆上的壁畫，聖母懷抱著聖嬰，一臉光輝潔淨，而聖母忽然抬起眼睛望住他，那是，媽媽的臉，媽媽穿著那件缺了角的洋裝。她看起來好悲傷，聖母為聖嬰落淚，媽媽為他而哭泣。

「怎麼了？」媛媛透過白紗輕聲問他。

他深吸一口氣，收回眼光，專心往前走。神父等在前方，聖壇等待著祭祀，他愈走愈近，一步一步，走進婚姻裡。

神父開始唸禱告文了，他聽見隱抑的哭聲，是誰在哭？

轉回頭，他看見伏跪在地上的阿紫，垂著頭，傷心的哭泣，他就是這樣扔下阿紫離開的。

阿紫抬起頭，看著他。那不是阿紫，是他自己，哀痛欲絕的是他自己。

他垂下手臂，媛媛的手滑落下來。

「清泉！」媛媛叫著一步步往後退的他。

「對不起，媛媛。原諒我，媛媛。」清泉轉身奔跑，一直奔出了教堂。

他鑽進地鐵站裡，脫下黑色禮服，扔給了一個乞討的老人，把領結投進了垃圾桶。如果跟媛媛結婚，他犯下的錯，就更無法彌補了。

他現在成了一個逃犯，從婚禮中逃跑，也從人生中脫離。

他停不住的搭地鐵，又轉換不同的路線，最後，到達的是城市邊緣，一個新開闢的商業娛樂區。走出地鐵站，天已經黑了，他跟隨著人群，漫無目的往前走。霓虹燈閃耀著，巨型的綜合商場，有電影院、名店街和遊樂場，最受矚目的是那座高架起來的摩天輪。

入夜之後，七彩燈光變幻著，永遠大排長龍，人們為什麼這麼喜愛摩天輪呢？到了快打烊的時刻，已經沒什麼人排隊了，清泉走到摩天輪下方，仰頭望著這個龐然大物，充滿力量，把人們從地面帶到天空。

「快快快！我們上去。」一對年輕情侶在清泉身後嚷著。

清泉莫名其妙被推擠著，也就上了一台車，車門自動闔上。他轉頭，看見那對小情侶搭上了另一輛車，管理員正跟同伴逗弄著一隻可愛的小狗，並沒有注意到他們。

摩天輪載著他緩緩升空，風勁愈來愈強，空氣很冰冷，清泉的襯衫抵擋不住，開始顫抖。他望向窗外，覺得孤獨寂寞。

他一直都是很寂寞的啊。

城市璀璨的在腳下發光，他終於明白，人們為什麼要乘坐摩天輪，到了這麼高的地方，才能面對真實的自己。

閃光燈倏的亮起，是那對小情侶，興高采烈的自拍，女生尖叫著：「討厭啦。不要啦——」

男生的聲音洪亮的喊著：「方小美！我愛妳。我愛妳一萬年！」

哐啷一聲，摩天輪震動一下，停住了。

「哇！怎麼啦？」女生的聲音摻著興奮：「停電啦？看！你一定沒說真心話。」

清泉往下看，可以看見底下的工作人員意態優閒的走著，收拾東西，互相捶著打著，向離開的乘客揮手告別，然後，他們也一個個的離開，最後離開的那個關上鐵門，熄了燈。

風，更冷了。

「喂！」男生扯開喉嚨大吼：「搞什麼？上面還有人啊！喂——」

「太誇張了吧？」女生的興奮也變了調，快要哭起來的聲音：「怎麼辦啊？」

「有人嗎？」男生喊著：「有沒有人跟我們一樣，被困在這裡啊？」

清泉張開嘴，卻發不出聲音，他沮喪的閉上了嘴。

「報警啊！快！報警。」

清泉聽見男生打手機報警，憤怒的掛上電話：「他們以為我們惡作劇！」

女生開始哭起來：「我好冷喔。我好害怕，怎麼辦？怎麼辦……」

「不要吵啦！閉嘴！」男生喝叱著。

女生安靜片刻，哽咽著：「我想上廁所。」

這真是太荒謬了。

清泉的臉貼在玻璃窗上，他全身僵硬冰冷，漸漸聽不見女生的哭聲了，連風聲也聽不見了。

「阿泉。」有人喚他。

他睜開眼，看見坐在對面的阿紫，穿著一件華麗的大氅，這又是幻覺吧。他轉開頭，不去看他，一面深呼吸。

「你接下來要怎麼做呢？」阿紫問，他並沒有消失。

「做……我，自己。」清泉吃力的說著。

阿紫起身，坐到他身邊，他的毛茸茸的衣裳帶來暖意。

「你這麼冷，要病了。」

「我病了，你就醫治我。」

阿紫的臉捱上清泉，他在他耳畔低語：「我現在就醫治你。」

阿紫從他背後一扯，他的襯衫整個脫落下來，阿紫的手指一勾，就把自己的大氅掀開來，他的上半身也是赤裸的，可是，他的體溫很高，才一靠近，清泉已經感到那股灼熱。

阿紫將大氅披在肩上，他的手溫存的撫著清泉的肩，一路往下，到他的指尖，然後，他扣住他的手，一起穿進袖子裡，手臂與手臂緊緊貼合，在狐皮之下。他的動作優雅，不疾不徐，直到，清泉穿著他，他穿著狐皮大氅。

夜空裡放起煙火來，像一朵朵奇麗的花，開在黑色的河裡。

「跟我走吧。」阿紫說。

他們破窗而出。從一百五十公尺的空中。

困在摩天輪上的小情侶，在半小時之後獲救，媒體把他們團團包圍住。摩天輪業者也出面說明，說是工讀生一時疏忽才會發生這樁烏龍事，他們願意賠償一切損失。

摩天輪另一邊的商場屋頂上，阿紫和清泉對坐，望著彼此。

「你又該走了。」清泉說。

「去哪兒？」

「遠方啊。遠方，到底在哪裡？」

「遠方啊……其實不太遠，你一喚我，我就會出現。」

清泉看著阿紫，微笑起來。

他們不再說話，緊緊靠著，靜靜的，天上飄下雪來。

雖然，這城市從不下雪。

後漢建安中，沛國郡陳羨為西海都尉，其部曲王靈孝無故逃去。羨欲殺之，居無何，孝復逃走。羨久不見，囚其婦，婦以實對。羨曰：「是必魅將去，當求之。」因將步騎數十，領獵犬，周旋於城外求索。果見孝於空冢中。聞人犬聲，怪遂避去。羨使人扶孝以歸，其形頗像狐矣。略不復與人相應，但啼呼「阿紫」。阿紫，狐字也。後十餘日，乃稍稍了悟，云「狐始來時，於屋曲角雞棲間，作好婦形，自稱阿紫，招我。如此非一。忽然便隨去，即為妻，暮輒與共還家。遇狗不覺云。樂無比也。」道士云：「此山魅也。」名山記曰：「狐者，先古之淫婦也，其名曰阿紫，化為狐。」故其怪多自稱阿紫。

——晉．干寶《搜神記》

◆◆妖物答客問◆◆

問（Jia ying Tsai）：

干寶《搜神記》〈狐妖〉，字數短短兩百多字，老師是如何透過這樣簡短的故事原型，構思出近萬字的小說？從來不下雪的城市飄下雪來，呼應了篇名〈不太遠的遠方〉，想請問老師相信愛可以超越一切嗎？期待老師的新小說。

答（曼娟）：

頭一次看到《搜神記》中狐仙阿紫的故事，感到很詫異。原以為被妖蠱惑的人如同迷途一般，在痛苦中渴望被解救，卻發現其實那是一場如夢似幻的美好，在人世間得不到的愛與理解，都在與妖相遇的時刻完整獲得了。清泉自小失去母親，當父親再組家庭，他不但成了局外人，還被繼母設計，九死一生。清泉努力想融入未來，卻因為他的身分認同而糾結痛苦。

在那些絕望的時刻，唯有阿紫的出現，能帶來救贖。

我相信愛嗎？是的，今生最感到榮耀的，就是我仍然相信愛。

愛可以超越一切嗎？我只能說，愛能讓我們成長為更強大的人，這股力量能帶領我們去到更遠的地方。

國家圖書館出版品預行編目資料

妖的二三事 / 張曼娟 著. -- 初版. -- 台北市：皇冠, 2024. 04
288 面；21×14.8 公分. (皇冠叢書；第5149種)
(張曼娟作品集；27).
ISBN 978-957-33-4130-7 (平裝)

863.57　　113002876

皇冠叢書第5149種
張曼娟作品集 27

妖的二三事

【妖物誌全新插畫增訂版】

作　　者—張曼娟
發 行 人—平　雲
出版發行—皇冠文化出版有限公司
台北市敦化北路120巷50號
電話◎02-27168888
郵撥帳號◎15261516號
皇冠出版社(香港)有限公司
香港銅鑼灣道180號百樂商業中心
19字樓1903室
電話◎2529-1778　傳真◎2527-0904
總 編 輯—許婷婷
責任編輯—蔡承歡
美術設計—嚴昱琳
行銷企劃—薛晴方
著作完成日期—2024年2月
初版一刷日期—2024年4月

法律顧問—王惠光律師
有著作權・翻印必究
如有破損或裝訂錯誤，請寄回本社更換
讀者服務傳真專線◎02-27150507
電腦編號◎012027
ISBN◎978-957-33-4130-7
Printed in Taiwan
本書定價◎新台幣430元/港幣143元

張曼娟
Facebook

- 張曼娟官方網站：www.prock.com.tw
- 張曼娟Facebook：www.facebook.com/manchuan320
- 皇冠讀樂網：www.crown.com.tw
- 皇冠Facebook：www.facebook.com/crownbook
- 皇冠Instagram：www.instagram.com/crownbook1954/
- 皇冠蝦皮商城：shopee.tw/crown_tw